1967년 계룡산에서

1945년 전주사범학교 입학 무렵

1955년경 군복무 시절, 훗날 아내가 되는 인병선 여사와 함께

1957년 결혼식

가족과 창경궁에서

도봉산 산장에서(왼쪽부터 시인 박봉우, 시인, 소설가 하근찬)

1961년부터 9년간 교사로 재직한 명성여고에서

시인의 묘비

충남 부여에 건립된 시비

시비 후면의 건립문

신동엽 시전집

신동엽 시전집

申東曄 詩全集

강형철·김윤태 엮음

올해는 한국전쟁이 끝나고 휴전협정(1953년)을 맺은 지 60주년이 되는 해이다. 우리는 하필 이해를 맞아 새롭게 신동엽 시인의 시전집을 낸다. 대관절 휴전협정과 신동엽은 무슨 상관이란 말인가. 허나 그의 생애를 가만히 더듬어보면, 한국전쟁의 상흔은 그의 삶과 죽음에 선연히 아로새겨져 있다. 국토가 분단되고 급기야는 동족 간에 피어린 전쟁으로 치닫던 시기에, 1930년생인 신동엽은 만 스무살의 청춘이었다. 당시 그는 좌우 갈등의 틈바구니에서 적잖은 고초를 겪었고, 무수한 아사자만 남긴 채 해체되어버린 국민방위군에 징집되어 떠돌다 걸린 디스토마로 인해 결국 죽음이 재촉되었다. 분단된 조국의 참혹했던 전쟁은 시인의 영혼에 새겨진 지워지지 않는 상처였다. 그러하기에 그는 "중립의 초례청 앞에 서서" "향그러운 흙가슴만 남고" "껍데기는 가라"(「껍데기는 가라」)고 절규한 것이리라.

그러나 우리의 조국은 아직도 세계 유일의 분단국으로 남아 있다. 전쟁의 상처는 여전히 현재진행형이다. 자주와 평화와 통일에 대한 열망으로 분출하던 시인의 꿈 또한 진행형일 수밖에 없다. 그가 꿈꾼 "꽃피는 반도는/남에서 북쪽 끝까지/(…)/중립의 분수는/나부끼"(「술을 많이 마시고 잔 어젯밤은」)지 않고 있고, "대통령이라고 하는 직함을 가진 신사가 자전거 꽁무니에 막걸리병을 싣고 삼십리 시골길 시인의 집을 놀러 가"(「산문시(散文詩) 1」)는 일도 여태 불가능해 보인다. 오히려 현실은 정반대로 파국을 향해 치닫고 있지 않는가. 바야흐로 북핵 문제가 반도를 넘어 동아시아로, 태평양 건너로 한 갑자가 지난 지금에 또다시 포연의 위험신호를 보내고 있지 않는가. 이러한 위기의 순간에 우리는 도리어 그의 시전집을 새롭게 꾸려내어, "그 모오든 쇠붙이는 가라"(「껍데기는 가라」)고 외치면서 "갈아엎"(「사월은 갈아엎는 달」)고자 한 시인의 꿈을 '4월'에 다시금 세상에 전하고자 한다.

하지만 시인의 꿈을 다시 새롭게 재구성하자는 우리의 생각은, 그 일의 매혹에도 불구하고 쉽지만은 않은 일이었다. 당초 우리가 전집의 재구성을 제의받은 것이 시인의 30주기 이후 어느 시점이었으니, 벌써 십여년의 세월이 흘러간 셈이다. 그 사이에 여러가지 사정이 꼬이면서 차일피일 미뤄져오던 것이 마침내 올해 신동엽문학관의 개관과 더불어 빛을 보게 되어 우리는 참으로 다행스러움을 느낀다.

전집을 구성하자는 의견이 나온 뒤 편집자들과 세운 원칙은, 새로운 전집은 우선 많은 독자들이 편하게 신동엽 시의 전체를 볼 수 있도록 꾸미되 연구자들이 보기에도 큰 지장이 없도록 하자는 절충적인 것이었다. 원문의 뜻을 훼손하지 않는 범위에서 현대적 표기를 한 것 또한 일반 독자들의 접근을 보다 쉽게 하기 위해서다.

기왕의 『신동엽전집』은 1975년에 간행되었으나 두달도 못되어 긴급조치 9호에 위반된다는 이유로 판매금지조치를 당하고, 긴급조치가 풀린 1980년 봄에 증보판을 냈지만 "잠깐 빛났던/(…)/영원의 하늘"(「금강(錦江)」)과 같았던 이른바 '서울의 봄'을 뒤로하고 다시 판매금지조치가 내려지는 시련을 겪었다. 그 와중에도 그의 시는 시들지 않고 끊임없이 사람들의 입과 귀에 불리고 들리어 '살아 있는' 현실이 됨으로써, 1987년 마침내 전집이 자유롭게 시판되기에 이르렀다. 또한 전집에 실리지 못한 작품이 새로이 발굴되고 미발표 유고시집(『꽃같이 그대 쓰러진』)으로 묶여 1988년에 간행되기도 하였다. 1989년에는 중학교 국어 교과서에 시 「산에 언덕에」가 수록되고, 그 후로 고등학교 문학 교과서들에도 대표작들이 계속 수록되는 등, 그의 시가 많은 독자들로부터 애송되고 있음을 감안할 때, 기존에 나왔던 시집들에서 미흡한 점들을 보완하고 그의 시세계에 대한 새로운 종합이 필요하다는 데 암묵적 동의가 있었다.

그러던 차에 유고시집 외에도 시인의 다른 유고가 더 있다는 사실이 신동엽 시인의 문학관 설립 논의가 진행되면서 밝혀졌다. 시인의 모든 유품과 유물들은 그의 부인인 인병선 여사에 의해 관리·보존되어왔는데, 이들 유품들 중 시인의 등단작인 「이야기하는 쟁기꾼의 대지」 초고본 노트를 비롯한 자료가 발굴된 것이다. 한편 신동엽 40주기에 이르러서는 21세기에 들어와 새롭게 변화하는 세계인식의 지평 안에서 신동엽의 문학세계를 더욱 새롭게 조망하려는 연구시각이 도입되기도 하였다. 즉, 20세기까지는 민족주의라는 제한된 틀 속에 시인을 가두어두었지만, 새로운 세기에는 세계적 보편의 차원에서, 또 미래적 전망과 더불어 그의 문학세계를 확산시켜나가고자 한 것이다.

이제 신동엽문학관의 개관을 목전에 두고 있다. 그리고 시인의 작품과 다른 유품들을 '신동엽 ebook 아카이브즈'라는 이름으로 사이버문학관(http://www.shindongyeop.com)을 통해 곧 세상에 선보인다. 이를 통해 그의 문학 전체의 상이 자세히 드러날 것이다. 이에 발맞추어, 이번에 내는 이 『신동엽 시전집』은 그동안의 다양한 요구들을 나름대로 망라하고자 노력하였다. 기존에 출간된 『신동엽전집』에 수록된 시들과, 유고시집의 작품들, 그리고 사이버문학관을 통해 선보이게 될 시들까지 아우름으로써 명실상부한 시전집으로 거듭날 것을 우리는 기대한다.

또한 이 시전집이 향후 신동엽 연구의 새로운 초석이 될 수 있기를 바라는 마음도 없지 않다. 가령 「이야기하는 쟁기꾼의 대지」의 텍스트 문제는 좋은 예가 될 것이다. 현재 알려진 이 작품의 판본은 두가지로, 시집 『아사녀』(1963) 수록본과 등단 당시 발표된 조선일보본(1959)이 그것이다. 이미 알려진 바와 같이 조선일보본은 투고 당시 작품에서 40여행이 삭제되었다고 전해지는데, 이를 『아사녀』 수록본에서 어느 정도 복원했다고는 하나, 당시의 정치적·사회적 상황으로 인해 충분히 실현되지 못한 것으로 보인다. 그런데 마침 이번에 수정 수록을 위해 준비한 것으로 추정되는 원고를 찾아내어 그대로 실었다. 새로운 판본이 하나 더 추가된 것이다. 이는 원본비평이라는 정본 연구의 귀중한 자료가 될 뿐만 아니라, 검열이나 판금과 같은 문학 외적 상황과 관련된 문화정책 및 문화제도 연구에도 필요한 소재로 활용될 것이다.

그리고 우리는 이에 더하여 조만간 전집의 산문편까지 새롭게 발간될 수 있기를 진심으로 바라고 있다. 그래야만 신동엽 시인의 전체적인 진면모를 다각적으로, 종합적으로 조망할 수 있을 것이기 때문이다.

이 책을 내는 데 인병선 여사의 도움은 아무리 강조해도 지나치지 않다. 40여년의 세월동안 신동엽 문학의 정수를 지켜온 그 정성과 노력은 어떠한 필설로도 다하지 못할 것이다. 또 책의 발간을 위해 오랫동안 수고한 창비 편집부의 노고는 단순한 감사의 말로 대신하기 힘들다. 우리는 나름대로 애를 썼다고 하지만 언제나 그렇듯이 오류는 복병처럼 나타날 수도 있으니, 이는 전적으로 편자인 우리의 책임이다.

모쪼록 이 새 시전집이 신동엽 시인을 사랑하는 독자들에게, 또 이 땅에서 시를 쓰는 일이 정녕 무엇인가를 진지하게 묻고 생각하는 많은 사람들에게 두루 사랑받게 되기를, 그래서 이 땅에 민주의 세상과 통일에 보탬이 되는 구체적 힘으로 기여하기를 가슴 여미며 빈다.

2013년 4월
엮은이 강형철 김윤태

일러두기

1. 각 부는 단행본으로 묶인 연도에 따라 구성하고 미간행 시는 마지막에
   실었다. 각 부 안에서 수록순서는 단행본의 것을 따랐다.
2. 작품들의 저본은 다음과 같다. 제1부『아사녀』(문학사 1963), 제2부『금
   강』(창작과비평사 1989), 제3부『신동엽전집』(창작과비평사 1975), 제4
   부『꽃같이 그대 쓰러진』(실천문학사 1988), 제5부 미간 시편의 육필본.
3. 오자를 바로잡았으며, 원문의 의미를 훼손하지 않는 선에서 현대식으로
   표기함을 원칙으로 했다.
4. 외래어 표기와 띄어쓰기는 현행 표기법에 준했다.
5. 한자는 한글로 표기하되 필요할 경우 괄호 안에 병기했다.
6. 각주는 별도의 설명이 없는 한 엮은이의 것이다.

# 제1부

# 아사녀

1963

## 진달래 산천

길가엔 진달래 몇 뿌리
꽃 펴 있고,
바위 모서리엔
이름 모를 나비 하나
머물고 있었었어요

잔디밭엔 장총(長銃)을 버려 던진 채
당신은
잠이 들었죠.

햇빛 맑은 그 옛날
후고구려 적 장수들이
의형제를 묻던,
거기가 바로
그 바위라 하더군요.

기다림에 지친 사람들은
산으로 갔어요
뼈섬은 썩어 꽃죽 널리도록.

남해 가,

두고 온 마을에선
언제인가, 눈먼 식구들이
굶고 있다고 담배를 말으며
당신은 쓸쓸히 웃었지요.

지까다비 속에 든 누군가의
발목을
과수원 모래밭에선 보고 왔어요.

꽃살이 튀는 산허리를 무너
온종일
탄환을 퍼부었지요.

길가엔 진달래 몇 뿌리
꽃 펴 있고,
바위 그늘 밑엔
얼굴 고운 사람 하나
서늘히 잠들어 있었었어요

꽃다운 산골 비행기가
지나다

기관포 쏟아놓고 가버리더군요.

기다림에 지친 사람들은
산으로 갔어요.
그리움은 회올려
하늘에 불붙도록.
뼈섬은 썩어
꽃죽 널리도록.

바람 따신 그 옛날
후고구려 적 장수들이
의형제를 묻던,
거기가 바로
그 바위라 하더군요.*

잔디밭엔 담뱃갑 버려 던진 채
당신은 피
흘리고 있었어요.

〔조선일보·1959년 3월 24일〕

*『아사녀』엔 이 연이 빠져 있음.

# 풍경

쉬고 있을 것이다.

아시아와 유럽
이곳저곳에서
탱크부대는 지금
쉬고 있을 것이다.

일요일 아침, 화창한
토오꾜오 교외 논둑길을
한국 하늘, 어제 날아간
이국(異國) 병사는
걷고.

히말라야 산록(山麓),
토막(土幕) 가 서성거리는 초병은
흙 묻은 생고구말 벗겨 넘기면서
하얼빈 땅 두고 온 눈동자를
회상코 있을 것이다.

순이가 빨아준 와이셔츠를 입고
어제 의정부 떠난 백인 병사는

오늘 밤, 사해(死海) 가의
이스라엘 선술집서,
주인집 가난한 처녀에게
팁을 주고.

아시아와 유럽
이곳저곳에서
탱크부대는 지금
밥을 짓고 있을 것이다.

해바라기 핀,
지중해 바닷가의
촌 아가씨 마을엔,
온종일, 상륙용 보트가
나자빠져 뒹굴고.

흰 구름, 하늘
제트 수송편대가
해협을 건너면,
빨래 널린 마을
맨발 벗은 아해들은

쏟아져나와 구경을 하고.

동방으로 가는
부우연 수송로 가엔,
깡통 주막집이 문을 열고
대낮, 말 같은 촌색시들을
팔고 있을 것이다.

어제도 오늘,
동방대륙에서
서방대륙에로,
산과 사막을 뚫어
굵은 송유관은
달리고 있다.

노오란 무꽃 핀
지리산 마을.
무너진 헛간엔
할멈이 쓰러져 조을고

평야의 가슴 너머로.

고원의 하늘 바다로.
원생의 유전지대로.
모여 간 탱크부대는
지금, 궁리하며

고비 사막,
빠알간 꽃 핀 흑인촌.
해 저문 순이네 대륙
부우연 수송로 가엔,
예나 이제나
가난한 촌 아가씨들이
빨래하며,
아심아심 살고
있을 것이다.

〔현대문학 · 1960년 2월호〕

## 눈 날리는 날

지금은
어데 갔을까.

눈은 날리고
아흔아홉 굽이 넘어
바람은 부는데
상엿집 양달 아래
콧물 흘리며
국수 팔던 할멈.

그 논길을 타고
한달을 가면, 지금도
일곱의 우는 딸들
걸레에 싸안고
대한(大寒)의 문 앞에 서서 있을
바람 소리여

하늘은 광란(狂亂)……
까치도 쉬어 넘던
동해 마루턱
보이는 건 눈에 묻은 나,

나와 빠알간 까치밥.

아랫도리 걷어올린
바람아,
머릿다발 이겨 붙여 산막(山幕) 뒤꼍
다습던
얼음꽃
입술의 맛이여.

눈은 날리고
아흔아홉 굽이 넘어
한(恨),
한은 쫓기는데

상엿집 양달 아래
트렁크 끄르며
스웨털 갈아입던 여인……

[『아사녀』·1963년]

# 그 가을

날씨는 머리칼 날리고
바람은 불었네
냇둑 전지(戰地)에.

알밤이 익듯
여울물 여물어
담배연긴 들·길에
떠가도.

걷고도 싶었네
청 하늘 높아가듯
가슴은 터져
들 건너 물 마을.

바람은 머리칼 날리고
추석은 보였네
호박국 전지에.

버스는 오가도
콩밭머리,
내리는 애인은 없었네.

그날은 빛났네
휘파람 함께
수수밭 울어도
체부(遞夫) 안 오는 마을에.

노래는 떠갔네, 깊은 들길
하늘가 사라졌네, 울픈 얼굴
하늘가 사라졌네
스무살 전지에.

〔조선일보 · 1960년 10월 17일〕

# 빛나는 눈동자

너의 눈은
밤 깊은 얼굴 앞에
빛나고 있었다.

그 빛나는 눈을
나는 아직
잊을 수가 없다.

검은 바람은
앞서 간 사람들의
쓸쓸한 혼을
갈가리 찢어
꽃 풀무 치어오고

파도는,
너의 얼굴 위에
너의 어깨 위에 그리고 너의 가슴 위에
마냥 쏟아지고 있었다.

너는 말이 없고,
귀가 없고, 봄〔視〕도 없이

다만 억천만 쏟아지는 폭동을 헤치며
고고(孤孤)히
눈을 뜨고
걸어가고 있었다.

그 빛나는 눈을
나는 아직
잊을 수가 없다.

그 어두운 밤
너의 눈은
세기(世紀)의 대합실 속서
빛나고 있었다.

빌딩마다 폭우가
몰아쳐 덜컹거리고
너를 알아보는 사람은
당세에 하나도 없었다.

그 아름다운,
빛나는 눈을

나는 아직 잊을 수가 없다.

조용한,
아무것도 말하지 않는,
다만 사랑하는
생각하는, 그 눈은
그 밤의 주검 거리를
걸어가고 있었다.

너의 빛나는
그 눈이 말하는 것은
자시(子時)다, 새벽이다, 승천(昇天)이다.

어제
발버둥치는
수천수백만의 아우성을 싣고
강물은
슬프게도 흘러갔고야.

세상에 항거함이 없이,
오히려 세상이

너의 위엄 앞에 항거하려 하도록
빛나는 눈동자.
너는 세상을 밟아 디디며
포도알 씹듯 세상을 씹으며
뚜벅뚜벅 혼자서
걸어가고 있었다.

그 아름다운 눈.
너의 그 눈을 볼 수 있은 건
세상에 나온 나의, 오직 하나
지상(至上)의 보람이었다.

그 눈은
나의 생(生)과 함께
내 열매 속에 살아남았다.

그런 빛을 가지기 위하여
인류는 헤매인 것이다.

정신은
빛나고 있었다.

몸은 야위었어도
다만 정신은 빛나고 있었다.

눈물겨운 역사마다 삼켜 견디고
언젠가 또다시
물결 속 잠기게 될 것을
빤히, 자가하고 있는 사람의.

세속된 표정을
개운히 떨어버린,
승화된 높은 의지 가운데
빛나고 있는, 눈

산정(山頂)을 걸어가고 있는 사람의,
정신의
눈
깊게. 높게.
땅속서 스며나오듯 한
말 없는 그 눈빛.

이승을 담아버린

그리고 이승을 뚫어버린
오, 인간정신미(美)의
지고(至高)한 빛.

〔『아사녀』·1963년〕


*『금강』(3장)에 삽입됨.

# 정본 문화사대계(正本 文化史大系)


오랜 빙하기의 얼음장을 뚫고 연연히 목숨 이어 그 거룩한 씨를 몸 지녀 오느라고 뱀은 도사리는 긴 짐승 냉혈(冷血)이 좋아져야 했던 것이다.

몇만년 날이 풀리고, 흙을 구경한 파충(爬蟲)들은 구석진 한 지에서 풀려나온 털 가진 짐승들을 발견하고 쪽쪽이 역량을 다하여 취식하며 취식당했다.

어느날, 흙굴 속서 털사람이 털곰과 털숲 엎쓸고 있을 때, 그 넘편 골짜기 양지밭에선 긴긴 물건이 암사람의 알몸에 붙어 있었다.

얼음땅, 이혈(異血) 다스운 피를 맛본 냉혈은 다음날도 또 다음 꽃 나절도 암사람의 몸에 감겨 애무 흡혈하고 있었으나. 천하, 욕(慾)을 이루 끝 새키지 못한 수뱀은 마침내 요독을 악으로 다하여 앙! 앙! 그 예쁜 몸알을 물어 죽여버리고야 말았다.

암살진 피부는 대대손손 지상에 살아 징글맞게 미끄덩한 눈물겨운 그 압축의 황홀을. 내밀히 기어오르게 하려 하여도 냉혈 그는 능청맞은 몸짓으로 천연 미끄러 빠져 달아나버리는 것이었다.

오랜 세상, 그리하여 뱀과 사람과의 꽃다운 이야기는 인간 사는 사회 어델 가나 끊일 줄 몰라하더니, 오늘도 암살과 수살은 원인 모를 열에 떠 거리와 공원으로 기어나갔다가 뱀 한마리씩을 짓니까려 뭉개고야 숨들이 가빠 돌아왔다.

내 마음 미치게 불질러놓고 슬슬 빠져나간 배반자야. 내 암살 꼬여내어 징그런 짓 배워준 소름칠 이것아. 소름칠 이놈아.

이들 짐승의 이야기에 귀 기울일 인정은 오늘 없어도, 내일날 그들의 욕정장(慾情場)에 능굴이는 또아리 틀어 그 몸짓과 의상은 꽃구리를 닮아갈지이니.

이는 다만 또 다음 빙하기를 남몰래 예약해둔 뱀과 사람과의 아름다운 인연을 뜻함일지니라.

[세계·1960년 6월호]

# 산사(山死)


불달은
뭄뚱아리엔,
꽃이 피었다.

멍석
그늘.

돌창을
던져라,

꽂힌
바위.

호수 위엔
맑은 바람

아우성은
승리 높이

상천(上天)에
뻗고,

죽음은
빛났다.

숱한 낮.
태양 익은
능선 따라

서린
입김.

돌창을 꽂아라,
푸른
동자.

돌창을 꽂아라,
푸른
동자.

연고(戀苦)는
빛났다.

새벽
벌
이슬 쏟은

네발
문
사자(獅子).

죽음은 썩고
뿌리 적신
생피.

비단 젖가슴
흙밭 위에,

억센
사지(四肢),

돌창을 꽂아라
푸른 동자.

돌창을 꽂아라
푸른 동자.

쓰러지지 않았다,
혼(魂)은
뛰쳐나와
하늘을
갔다.

숱한 밤.
멍석딸기 골짝마다

꿈은,

〔『아사녀』· 1963년〕

*『금강』(24장)에 삽입됨.

# 이곳은

삼백예순날 날개 돋친 폭탄은 대양 중가운데
쏟아졌지만, 허탕 치고 깃발은 돌아갔다.
승리는 아무 데고 없다.

후두둑 대지를 두드리는 여우비.
한 무더기의 사람들은 냇가로 몰려갔다.
그들 떠난 자리엔 펄 펄 펄 심장이 홀리워 떠솟고.

독은 비어 있다.
다투어 배 밖으로 쏟아져나간 콩나물 역사.
아침 햇살 속 오간 수만 화살. 날아간 물체들의
흐느낌은 정(定)한 문(門), 지평(地平)의 밖이었다.

그곳엔 무덤이 있다.

바닷가선 비 묻은 구름 용을 싣고 찬란하게
쩌 들어오리니
급기야 홍수는 오고,
구렁이, 모자, 톱니 쓸린 공장 헤엄쳐 나가면

조상(弔喪)도 없이 옛 마을 터엔 휭휭 오갈 헛바람.

쓸쓸하여도 이곳은 점령하라. 바위 그늘 밑, 맨마음 채
여문 코스모스씨 한톨. 억만년 퍼붓는 허공밭에서.
턱 아래 안창엔 심그라.
사람은 비어 있다.
대지(大地)는
한가한
빈집을 지키고 있다.

〔현대문학·1962년 8월호〕

# 산에 언덕에


그리운 그의 얼굴 다시 찾을 수 없어도
화사한 그의 꽃
산에 언덕에 피어날지어이.

그리운 그의 노래 다시 들을 수 없어도
맑은 그 숨결
들에 숲 속에 살아갈지어이.

쓸쓸한 마음으로 들길 더듬는 행인아.

눈길 비었거든 바람 담을지네
바람 비었거든 인정 담을지네.

그리운 그의 모습 다시 찾을 수 없어도
울고 간 그의 영혼
들에 언덕에 피어날지어이.

〔『아사녀』·1963년〕

# 내 고향은 아니었었네

내 고향은 아니었었네
허구헌 홍시감이 익어나갈 때
빠알간 가랑잎은 날리어오고.

발부리 닳게 손자국 부릍도록
등짐으로 넘나들던
저기
저 하늘가.

울고는 아니
허리끈은 졸라도
뒤밀럭,
뒤밀럭
목메인 자갈길에.

내 고향은 아니었었네
그 언젠가
먼산바리 소녀 떡목판 이고 섰던
영(嶺) 너머 그 멀린 소문 들은 안개 도시.

눈물론 아니

뱃가죽은 졸라도

열차 창
꽃 언덕
목메인 면회길에.

내 고향은 아니었었네
허구헌 아들딸이 불리어나갈 때
빠알간 가랑잎은 날리어오고.

발부리 닳게 손자국 피 맺도록
조상들 넘나들던
저기
저 하늘가야.

〔약업신문(藥業新聞)·1961년 10월〕

# 아사녀(阿斯女)의 울리는 축고(祝鼓)

### 1

줄줄이 살뼈도 흘러나려 내를 이루고 원한은 물레밭을 이랑 이뤄 만사꽃을 피웠다.

칠월의 태양과 은나래 젓는 하늘 속으로 진주박이 치마폭 화사히 흩어져가고 더위에 찌는 황토벌, 전쟁을 불지르고 간 원생림(原生林)에 한 가닥 노랫길이 열려 한가한 마차처럼 대륙이 기어오고 있었다.

오월의 숲 속과 뻐꾸기 목메인 보리꺼럭 전설밭으로. 가슴뫼로 허리 논으로 마음 벌판으로 장마철 비바람은 흘러나리고.

산골 물소리 만세 소리 폭폭이 두 가슴 쥐어뜯으며 달팽이 장장마다 호미 세 자루 조밥 한 줌 흘러보낸 철도연변 원분(怨墳)은 천만리 멀었다.

구름이 가고 새봄이 와도 허기진 평야, 낙지뿌리 와 닿은 선친들의 움집 뜰에 왕조 적 투가리떼는 쏟아져 강을 이루고, 바다 밑 용틀임 휘올라 어제 우리들의 역사밭을 얼음꽃 피운 억천만 돌창떼 뿌리 세워 하늘로 반란한다.

### 2

유월의 하늘로 올라보아라

푸른 가슴턱 차도록 머리칼 날리며 늘메기 꿀 익는
유월의 산으로 올라보아라.

유월의 하늘로 올라보아라
벗겨진 산골짝마다 산열매 익고
개울 앞마다 머리 반짝이는 빛나는 탄피의 산.
포플러 늘어선 등성이마다
도마뱀 산동리(山洞里) 끝
유월의 하늘로 올라보아라.
바위를 굴려보아라. 십삼도(十三道) 강산 가는 곳마다 매미
우는 마을. 무너진 토방 멀리 도시로 가는 반질 닳은 나무뿌리
흰 신작로를 달리어보아라.

바위를 굴려보아라. 고추장 땀 흘리던 순이네 북간도. 자운
영 독사풀 뜯어 헛간집 이어온 삼복(三伏), 부대끼며 군침 씰
룩이던 황소 혓바닥처럼 검은 진주쌀 핏대 올린 연산군의 자
유 많은 연설 소리를 들어보아라.

유월의 동산으로 올라보아라.
콩밭마다 뒹굴던 향기 진한 대가리.
팔월이 오면 점심 마당 농주(農酒)통,
구슬 뿌리며 역사마다 구멍 뚫려 쏟아져간 아름다운 얼굴,

북부여(北扶餘) 가인(佳人)들의 장삼자락 맨몸을 생각하여보아라.

유월의 하늘로 올라보아라.
황진이 마당가 살구나무 무르익은 고려 땅, 놋거울 속을 아침저녁 드나들었을 눈매 고운 백제 미인들의.
지금도 비행기를 바라보며 하늘로 가는 길가엔 고개마다 괴나리봇짐 쇠바퀴 밑으로 쏟아져간 흰 젖가슴의 물결치는 아우성 소리를 들어보아라.

3
목메어 휘젓던 울창한 숲은 비 젖은 빛나는 구름밭에 휘저어오르고.
명석딸기 무덤을 나와 찔레덤불로 기어들은 발해(渤海)는 바위에서 성긴 숲으로 숲에서 다시 불붙는 태곳적 산불로 어울려 목숨과 팔뚝의 불붙는 천지로 타오른 그날 임진 난리의 우렁찬 외침을 귀 기울여보아라.

침을 삼키며 싱싱한 하늘로 올라보아라.
이랑진 빨래터 강마을마다 매듭 고운 손으로 묻어진 어여쁜 지뢰의 얼굴, 신무기의 오손도손한 살림살이를 구경하여보려무나.

유월의 동산으로 올라보아라.

밀짚모자 깃을 추켜 이마 훔치던 경부선 가로수 총 메인 소녀.

참쑥 뭉쳐 꿀꺽이며 압록강으로 제주도로 바다로 골짜기로 반만년 쫓기던 민텅구리 죄 없는 백성들의 터진 맨발을 생각하여보아라.


　귀밑머리 날리며 이월의 동산에 올라 미소 짓던 사람아.

다사로워라. 우리들의 전답(田畓)만은 상처 없이 누워 있었구나.


하여, 목 마치게 바윗부리 나뭇등걸 쥐어뜯으며 뱃바닥 얼굴 가슴 닳도록 영웅스레 기어오른 산마루턱 턱마다 가슴턱 차도록 트인 동해,

구름 속 꿈틀거리는 의지 굳은 봉우리마다 아우성 섞인 억천만.

억만년 여름날의 뻣죽 지글거린 하늘 끝 억심을 구가하여보아라.

〔자유문학·1961년 11월호〕

# 꽃대가리

톡톡
두드려보았다.

숲 속에서
자라난 꽃대가리.

맑은 아침
오래도
마셨으리.

비단자락 밑에
살냄새야,

톡톡
두드리면
먼 상고(上古)까장 울린다

춤추던 사람이여
토장국 냄새.

이슬 먹은 세월이여

보리타작 소리.

톡톡
두드려보았다.

삼한(三韓) 적
맑은 대가리.

산 가시내
사랑, 다
보았으리.

〔『아사녀』 · 1963년〕

# 미쳤던

스커트 밑으로
강둑에, 바람은
나부끼고 있었다.

안경을 낀
내 초여름
고샹 같은 여인이여.

허리 아래로 대낮,
꽃구렁인
눙치고,

깊은 오뇌 감춘
미쳤던,
미쳤던,
꽃사발이여.

스커트 밑으로
천재(天才)는 흰 구원(久遠) 빛내며.

한낮 꿀벌 뒤집혔다.

[『아사녀』·1963년]

# 아니오

아니오
미워한 적 없어요,
산마루
투명한 햇빛 쏟아지는데
차마, 어둔 생각 했을 리야.

아니오
괴로워한 적 없어요,
능선 위
바람 같은 음악 흘러가는데
뉘라, 색동 눈물 밖으로 쏟았을 리야.

아니오
사랑한 적 없어요,
세계의
지붕 혼자 바람 마시며
차마, 옷 입은 도시 계집 사랑했을 리야.

[『아사녀』·1963년]

# 나의 나

사양들 마시고
지나 오가시라
없는 듯 비워둔 나의 자리.

와, 춤 노래 니겨
싶으신 대로 디뎌 사시라.

한물 웃음떼 돌아가면
나 죽은 채로 눈망울 열어
갈겨진 이마 가슴과 허리
황량한 겨울 벌판 돌아보련다.

해와 눈보라와 사랑과 주문,
이 자리 못 물고
굴러떨어져 갔음은
아직도 내 봉우리 치솟은 탓이었노니.

글면 또 허물으련다
세상보다,
백지장 하나만큼 낮은 자리에

나의 나
없는 듯 누워.

고이 천만년 내어주런마
사랑과 미움 어울려 물 익도록.
바람에 바람이 섞여 살도록.

〔신사조·1962년 6월호〕

# 완충지대

하루해
너의 손목 싸쥐면
고드름은 운하 이켠서
녹아버리고.

풀밭
부러진 허리 껴 건지다보면
밑둥 긴 폭포처럼
역사는 철철 흘러가버린다.

피 다순 쭉지 잡고
너의 눈동자, 영(嶺) 넘으면
완충지대는,
바심하기 좋은 이슬 젖은 안마당.

고동치는 젖가슴 뿌리 세우고
치솟은 삼림 거니노라면
초연(硝煙) 걷힌 밭두덕 가
풍장 울려라.

[『아사녀』·1963년]

# 힘이 있거든 그리로 가세요

그렇지요, 좁기 때문이에요. 높아만 지세요, 온 누리 보일 거예요.

잡답(雜踏) 속 있으면 보이는 건 그것뿐이에요. 하늘 푸르러도 넌출 뿌리 속 헤어나기란 두 눈 먼 개미처럼 어려운 일일 거예요.

보세요. 이마끼리 맛부딪다 죽어가는 거아요. 여름날 홍수 쓸려 죄 없는 백성들은 발버둥쳐 갔어요. 높아만 보세요, 온 역사 보일 거예요. 이 빠진 고목 몇그루 거미집 쳐 있을 거구요.

하면 당신 살던 고장은 지저분한 잡초밭, 아랫도리 붙어살던 쓸쓸한 그늘밭이었음을 눈뜰 거예요.

그렇지요, 좀만 더 높아보세요. 쏟아지는 햇빛 검깊은 하늘밭 부딪칠 거예요. 하면 영(嶺) 너머 들길 보세요. 전혀 잊혀진 그쪽 황무지에서 노래치며 돋아나고 있을 싹수 좋은 둥구나무 새끼들을 발견할 거예요. 힘이 있거든 그리로 가세요. 늦지 않아요. 아직 이슬 열린 새벽 벌판이에요.

〔서울일일신문·1961년 4월 11일〕

# 이야기하는 쟁기꾼의 대지*

## 서화(序話)

당신의 입술에선 쓰디쓴 풀맛 샘솟더군요. 잊지 못하겠어요.
몸양은 단 먹뱀처럼 애절하구, 참 즐거웠어요. 여름날이었
죠.
꽃이 핀 고원을 난 지나고 있었어요. 무성한 풀섶에서 소와
노닐다가, 당신은 가슴**으로 날 불렀죠.

바다 언덕으로 나가고 싶어요.
밤하늘은 참 좋네요. 지금 지구는 여행을 한다나요?
관좌성운(冠座星雲) 좀 보세요. 얼마나 먼 세상일까요……
그중 넓은 세상은 어떻게 생겼을까요. 그럼 그의 바깥엔 다
시 또 딴 마당이 없는 것일까요?

자, 손을 주세요. 밤이 깊었어요.
먼저 쉬세요. 못 잊으려나봐요. 우리가 포옹턴

---

* 이 시는 조선일보 1959년 1월 3일자에 발표된 이후 『아사녀』를 출간하
  며 다소 개작되었다. 『아사녀』를 저본으로 삼았으며, 조선일보본에서
  크게 달라진 부분은 각주로 설명했다.
** 조선일보본에는 "꽃".

하늘에 솟은 바위, 그 밑에 깔린 구름,

불달은 바위 위에서 웃으며 잠들던 아무것도 걸치지 않았던 당신의 붉은 몸.

언제든 필요되거든 조용히 시작되는 그 서무곡(序舞曲)으로 백학(白鶴)의 대원(大圓) 휘파람 하세요. 돌아가 묻히겠어요, 앙달진 당신의 꽃가슴으로. 아마 운명인가봐요.

그럼 안녕히.

## 제1화

그늘 밑 꽃뱀 얽혀 있는 산중에서 산삼을 찾고 있었네.

그날 삼은 보지 못했으나, 여인을 만나, 정성을 다한 씨 심거주었네.

나락이며 보리며 목화씨며 경지에 뿌리고 돌아다녀도 아무도 마다하데. 지구는 이미 먼저 나온 사람들이 한몫씩 나눠 갖고 말아버렸데.

땅 한번 디뎌도 세금이 쫓아오데. 바람 마시는 값으론 코를 베어 주었네.

억광(億光) 하늘 아래 절름거리며 지나간 초라빛*나그네 하나 있었다니라. 하여 앞도 뒤도 없는 이야기 몇 만, 노변(路邊)에 뿌려놓고, 억광 하늘 아래 신명(神明)은 처음으로 그곳서 빛나, 벋은 무지개 우주를 벗어나 스러져갔다니라.

이르노니,
지금 예까지 와 있는 역사의 중량이여.
당신의 보따리 속에 든 인구(人口)며 곤충이며 전통이며 문명이며, 한데 묶어 머리 이고 하늘 향해 앞발 한번 버팅겨보시지.

짓궂은 이야기다.
허허만년(虛虛萬年).
초원이 있고, 냇물이 있고, 양달이 있고, 독사가 있고,
암과 수 쌍쌍이 엉켜 새끼 치곤 죽어져갔다.

제2화

간밤에 밟히어간 가난한 목숨들의 명복을 위하여. 지금 어

*조선일보본에는 "초록빛".

58

디선가 아우성치고 있을 못된 아귀들의 진혼을 위하여. 그리고는 내일날 태양빛 찬란히 빛나 있을 사형집행장, 꽃바람 부는 교외, 잔디밭 언덕으로 끌려나갈 아름다운 인류들의 눈물을 위하여.

내 동리 불사른 사람들의 훈장(勳章)을 용서하기 위하여. 코스모스 뒤안길 보리* 사발 안은 채 죽어 있던 누니의 시랑을 위하여.

감옥돌 묻으러 갈 꽃상여의 길닭이를 위하여. 아프리카 사막서 일사병으로 눈먼 식민지 병사들의 월급봉투를 위하여. 그리고는 먼 훗날, 당신이 서 있을 대지를 쪼개고 솟아나올 시생대(始生代) 암층 깊숙이 우리의 대서사시를 새겨넣기 위하여.

### 제3화

내가 온달 때 당신은 구름 덮으시더라.
나는 원시(遠視). 그래서 당신은 멀리 있어야

* 조선일보본에는 "보리밥".

잘 생각난다 일렀더니, 싫어도 당신은 끄덕이시더라.

무엇을 너는 내게 요구코 있는 건가.
나의 간(肝) 말인가?
금이빨 말인가?
귀 말인가?

   옛날엔 명실상부 직업전투가가 있었삽니다.
   이 기(旗)*저 기 팔려다니며 성문지기, 호랑이잡이, 이마
에 뿔 돋치고 양 어금니 째져 나온 불쌍한 종족들이 살았댑
니다.

   오늘날 그들은 출세도 했습니다.**
   내성(內城)에 들어와 옥좌를 마련코, 부족(部族) 늪혀 구중
궁궐 쌓아올리고 백성 목덜미 위 군림하여 천하를 호령하
고.

   나도 물론 만족(蠻族)***전쟁엔 나가보았습니다.

*조선일보본에는 "족(族)".
**조선일보본에는 "그 뒤에 그들은 출세한 적도 있었습니다."
***조선일보본에는 "씨족(氏族)".

창 들고 도끼 들고 코걸이 하고 귀걸이 하고.
　닥치는 대로 대갈통을 바수어 함지박처럼 머리에 엎어쓰
고, 가슴팍을 꿰어선 나무에 매달아두고.

못난 짓 버릇 가운데 몸을 담그고
오랜 세월 숨 쉬어 간 사람들이여,

도끼는 신기해도
손재주가 만든 것이며.
비행기는 비싸도*
땅에서 뜨는 것이다.

떡쇠의 입에는 쌀이 하루 세 사발,
수상님의 대장(大腸)에는 비계가 하루 세 사발,
대헌장(大憲章)**은 존엄해도 개호주의 안경이다.

못난 짓 버릇*** 가운데 몸을 담그고
오랜 세월 버둥겨 간 사람들이여,

* 조선일보본에는 "날쌔도".
** 조선일보본에는 "헌장".
*** 조선일보본에는 "그릇".

까마귀는 내려와 선달이 가슴 위에
구더기를 쪼아서 주둥일 닦을 게고
장군님의 존안(尊顔) 위에 평소히 앉아서
눈깔을 빼 먹고선 갸웃거릴 것이다.

　내 고향에 피는 꽃은 무슨 꽃일까.
　봄, 가을, 여름, 내 생지(生地)에 펴나는 꽃은
　무슨 꽃일까. 두견이, 패랭이, 들국?

거짓말이다. 그런 꽃은 내 고향 산천에
펴나지 않는다.

들길을 가로질러 달구지가 지나갔다.
낯익은 얼굴들이 호박처럼 매달려
메마른 돌밭 위에 부숴져가고 있었다.

벗이여, 눈보라 쌓이는 밤
이리의 겨드랑에 손을 넣으면,
다스운, 다순 피가 안 돌고 있을 것인가.

벗이여, 광막(廣漠)한 원시림.
인간 된 거죽 홀홀이 찢어 던지고*
산돼지 되어 두더지처럼 살아갈 순 없단 말인가.

아름다운 바람 하늘 높이 흘러가고
억만년 햇빛 머리 위에 퍼붓는다.

어디를 흘러가는 싸움떼이게
그 많은 다툼에도 시비가 남았느뇨.

어디를 흘러가는 목숨들이게
양 뿔이 빠지고도 꼬리마저 잘려 있느뇨,

하면, 오늘 밤을 어떻게 할 테란가.
'박애'로운 폭약이여, '정의'로운 침략이여.

메마른 공분모(公分母)가
화려한 문명시(文明市)엔 유세스런 장막(帳幕)이고, 이도령
은 당신네

* 조선일보본에는 이 행 다음에 "어두운 골짝 산짐승 마을에"가 있음.

호랑이굴 아구리에 네 다리로 막고 서서
꽂혀오는 화살은 등가죽으로나 헤이고?

산과 산.
산과 산.

모과나무 가지엔 무엇이
걸레처럼 발기발기 찢어져
걸려 있었고.

돌베개,
바위 그늘.

땀으로 세수하고
이슬에 목 축이며

동으로, 서로,
남으로, 북으로.

오늘에 미친 사람
내일로 바람 자게,

내일로 죽힌 사람
모레에 환생하게.

하여 원수(怨讐)로 죽은 사람
원수로 더불어 복수케 하며,

독엔 독으로.
창엔 창으로.
바퀴엔 바퀴로.

태양 밑에 있고 싶은 자 있게 하고
없고 싶은 자 없게 하라.

싸우고 싶은 자 저희끼리 싸우게 하고
독존하고 싶은 자 철창 속에 독존케 하라.

투구를 쓰고 싶어하는 자
쇠항아릴 만들어 깊숙이 씌워주라.*


* 이 연은 아사녀본에서 추가되었음.

영웅이 되고파 서두르는 자 로켓에 매달아
대기 밖으로 내던져버리라.

무엇이 남겨졌고
무엇이 돌아갔는가.

빛나는 여름,
구슬 뿌리며
산맥을 넘어간.

소녀들의
흰 발이여.

지금은 바람 잔
언덕 위.

패랭이,
민들레,
들노래처럼
사라져간

그리운,

이름,

이름이여.

제4화

어두운 대지 한 가닥 서기(瑞氣) 있어, 무릎 모으고 일어앉는 그림자. 헝클진 앞가슴 아무려 여미며 비녀는 입에, 두 손은 머릴 간조롱이고, 동 트는 대지 계곡과 들녘에 한 올기 맨발 벗은 육혼(肉魂)은 살어.

태백 줄기 고을고을마다 강남제비 돌아와
흙 물어 나르면, 산이랑 들이랑 내랑 이뤄
그 푸담한 젖을 키우는
울렁이는 내 산천인데……

맛동 마을 농사집 태어나 말썽 없는 꾀벽동이로
딩굴병굴 자라서, 씨 뿌릴 때 씨 뿌리고
거둬들일 때 거둬들일 듯, 이웃 마을 어여쁜 아가씨와
짤랑짤랑 꽃가마도 타보고,
환갑잔치엔 아들 손주 큰절이나 받으면서

한평생 살다가 묻혀 가도록 내버려나 주었던들.<sup>*</sup>

흙에서 나와
흙에로 돌아가며.
영원회귀 운운 이야기는 없어도
햇빛을 서로 누려 번갈아 태어나고.
자넨 저만큼,
이넨 이만큼,
서로 이물을 두어
땅 위에 눕고.
사람과 사람과의
중복됨이 없이,
흙에서 솟아
흙에로 흩어져 돌아갔을,

인간기생(寄生)을 모를
사람들.

　　산정(山頂)의 제왕……

　*이 연은 이 책 4부에 수록된 「서시」에도 변용되었음.

얼마나 좋은가.

그리고 나의 발아래 저렇게 많이
산의 경사(傾斜)를 좇아 무진한 돌들이
천꼴 만색으로 붙어 있지 아니한가.

대지에는 지열(地熱)도 영천(靈泉)도 솟는다 하데마는,
짐(朕)이 디디고 있는 이 산은 인육으로 구축된
말하자면 기생탑일세.

해서 그들의 등가죽엔 강물이
흐르지 않는단 말야.

헌데 건 그렇고. 우스운 이야기는
땅에 붙어사는 그 버섯들의 살림살이 말일세.

그들이야말로 이런 따위,
저희끼리 눈 감고 아웅 하는 격,
왕궁과 통치권엔 아랑곳없으니까.

이차대전 저물어가기 얼마 전의 이야길세.

두만강변 어느 촌락을 지나던 길
한 할아버지로부터 이런 이야길
들은 일이 있네.

　우리하고 글쎄 무슨 상관이 있단 말요.
　왜 자꾸 와 귀찮게 찝쩍이냐 말요.
　내 멀쩡한 사지로 땅을 일궈서
　강냉이, 고구마, 조를 추수하고
　옆마을 해삼 장 점북과 바꿔오구,
　시집보내구, 장가보내구, 잘 사는데,
　글세 뭘 어떡허겠단 말이랑요.

그러나, 그들의 마을에도, 등가죽에도,
방방곡곡 벋어온 낙지의 발은
악착스레 착근(着根)하여 수렁이 되었나니.

그렇다 오천년간 만주의(萬主義)는
백성의 허가 얻은 아름다운 도적이었나?*

　* 이 연은 아사녀본에서 추가되었음.

70

제5화

가리워진 안개를 걷게 하라,
국경이며 탑이며 어용학(御用學)의 울타리며
죽가래 밀어 바다로 몰아넣어라.

하어 하늘을 흐르는 날새처럼
한 세상 한 바람 한 햇빛 속에,
만 가지와 만 노래를 한 가지로 흐르게 하라.

보다 큰 집단은 큰 체계를 건축하고,
보다 큰 체계는 보다 큰 악을 양조(釀造)한다.

조직은 형식을 강요하고
형식은 위조품을 모집한다.

하여, 전통은 궁궐 안의 상전이 되고
조작된 권위는 주위를 침식한다.

국경이며 탑이며 일만년 울타리며
죽가래 밀어 바다로 몰아넣어라.

제6화

없으려나봐요. 사람다운 사낸. 어머니, 어쩌면
좋아요. 이 숱 많은 흰 가슴, 텃집 좋은 아랫녘,
꽃잎 문 입술…… 보드라운 대지 누워 허송
세월하긴, 어머니 차마 아까워 못 견디겠네요.
황원(荒原) 말발굽 달리던 황하기(黃河期) 사내 찰코 그리워
요.
어데요? 그게 어디 사람이에요? 기술자지.
어데? 그건 뭐 또 사람이에요? 제이급치차(二級齒車)라고
명패까지 붙어 있지 않아요? 어머니두.

저건 꼭두각시구, 저건 주먹이구, 저건 머리구.
별수 없어요, 어머니, 저 눈먼 기능자(技能者)들을
한 십만개 긁어모아 여물솥에 쓸어넣구
푹신 쪼려봐주세요. 혹 하나쯤 온전한
사내 우러날지도 모르니까.

해두 안되거든 어머니, 생각이 있어요.
힘은 좀 들겠지만 지상에 있는 모든 수들의 씨

죄다 섞어 받아보겠어요. 그 반편들 걸.
욕하지 마세요. 받아넣고 정성껏 조리해보겠어요.
문제없어요, 튼튼하니까!*

　제기랄, 빈집뿐일세그려. 주인은 없는데
　하인 객(客)들이 얼싸붙고 닭 잡아라, 절 받아라, 난장이
니 쌍.

비로소, 말미암아, 바야흐로다?

　거북등에 가 집 짓고 늘어붙는 소라.
　잠자는 코끼리 등에 올라 국경을 그어
　놓고 다퉈쌓는 개미떼.

　깊은 지옥의 아구리에 백지 한장 깔고
　행복한 곰의 눈.**


* 조선일보본에는 이 행 다음에 "하나쯤 만들어질 수 있을 것 같아요. 온
　전한 아기 하나 낳아보겠어요"가 있음.
** 조선일보본에는 "누운 곰의 행복한 눈".

쇠기둥과 가시줄로 천당을 지어놓고
문 지키는 수고.

귀부인 발톱에 매니큐어를 칠해주고
밥 얻어먹는 전문가.

해 저문 바닷가의 구두 수선가 씨,
단애(斷崖) 위의 이발사(理髮師) 선생,
산록(山麓)의 수렵가 박사.

그만 돌아들 오시지,
삼간초옥(三間草屋) 등 비친 창문이 기다리고 있는데.

매미는 언제까지 뜻 모를 소리만 울어예는가.

온실 속서 울어예는 매미는 무엇을 먹고
살아쌓는가.
노동은 머리 위에 나비꽃이나, 한마리 매미를
달기 위해, 열두해 긴긴 세월 밭 가는 돼지?

돼지는 노래하라,

밭을 갈면서.
씨를 뿌리라 한알 한톨
피 맺힌 말씀으로.

돼지는 말씀하라,
밭을 갈면서.
예보하라, 날씨도.
실업(失業)게 하라, 왕(王)도.

한알 한톨,
피 맺힌 말씀으로.

후화(後話)

숱한 봄, 여름, 가을, 잊어진 세월
양지바른 분지(盆地) 잡초의 떼는
무성케도 이루어 쓰러져갔다.

무너진 살림살이 해마다 쌓여
마흔아홉 두께의 비옥한 층을 입었을 때,

그곳에선 육신 같은 미끈한 줄기가
아름다운 향기를 사지(四地)에 뿌리며
하늘거리는 요화(妖花)처럼 돋아나고 있었다.

한그루 불전(佛典)을 꽃피우기 위하야
선사(先史) 오천년은 묻히어갔고.

한그루 피어난 성서(聖書)의 지층에는
구십구억 창세인민의
몸부림 든 사상이 썩어 있었다.

우리들이 돌아가는 자리에선
무삼 꽃이 내일날 피어날 것인가.

잡초의 무성을 나래 밑에 거느리며
칠천년 늙어온 몇그루 고목,

당신네 말씀도, 지혜의 법열도,
문명의 행복도, 그대네 작업도,
늘어붙어 지층 이룰 갑충(甲蟲)의 무덤.

정신을 장식한 백화만상(百花萬象)이여
몇만년 풀밭 이룬 인종(人種)의 가을이여,

흐무러지게* 쏟아져 썩는 자리에서
무삼 꽃이 내일날엔 피어날 것인가.

우주 밖 창을 여는 맑은 신명은
태양빛 거느리며 피어날 것인가?

태양빛 거느리는 맑은 서사(敍事)의 강은
우주 밖 창을 열고 춤춰 흘러갈 것인가?

〔조선일보·1959년 1월〕


* 조선일보본에는 "허물어지게".

# 이야기하는 쟁깃꾼의 대지(大地)*

## 서화(序話)

당신의 입술에선 쓰디쓴 꽃맛이 샘솟더군요. 잊지 못하겠서요. 몸냥은 단 먹뱀처럼 애절하구 참 즐거웠서요 여름날이였죠 꽃이 핀 고원(高原)을 난 지나고 있었서요 무성(茂盛)한 풀섶에서 소와 노닐다가, 당신은 꽃으로 날 불렀죠.

바다 언덕으로 나가고 싶어요. 밤하늘은 참 좋네요. 지금 지구(地球)는 여행(旅行)을 한다나요? 관좌성운(冠座星雲) 좀 보세요. 그 세상 밖엔 또 딴 세상이 있을까요? 얼마나 먼 세상일까요.기중 넓은 세상은 어떻게 생겼을까요. 그럼 그의 바깥엔 또 딴 마당이 없을까요?

자, 손을 주세요 밤이 깊었서요 먼저 쉬세요. 못 잊을려나봐요. 우리가 포옹(抱擁)턴 하늘에 솟은 바위 그 밑에 깔린 구름 불 달은 바위 우에서 우스며 잠들던 아무것도 걸치지 않았던 당신의 붉은 몸. 언제여든 꼭 필요하거든 조용히 시작되는 그

---

*『아사녀』 발간 시 수정 수록을 위해 집필한 원 텍스트. 참고자료의 성격상 한자를 한글과 병기한 외에는 원문을 그대로 실었다. 이 원고의 의의와 수록 취지에 대해서는 엮은이의 「서문」 참조.

원무곡(圓舞曲)으로 백학(白鶴)의 나래 휘파람 하세요. 돌아가 묻히겠어요. 양(陽)달진 당신의 슬픈 가슴으로. 아마 운명(運命)인가봐요. 그럼 안녕히.

## 제1화(第1話)

그늘 밑 꽃뱀 얽혀 있는 산중(山中)에서 산삼(山蔘)을 찾고 있었네.
그날 삼(蔘)은 보지 못했스나 여인(女人)을 만나 정성(精誠)을 다한 씨 심거주었네

나락이며 보리며 목화(木花)씨며. 경지(耕地)에 뿌리고 돌아다녀도 아무도 마다않데. 지구는 이미. 먼저 나온 사람들이 한 뭇씩 놓하갖고 말아버렸데. 땅 한번 디뎌도 세금(稅金)이 쫓아오데. 바람 마시는 값으론 코를 베허주었네.

억광(億光) 하늘 아래 절룸거리며 지나간 초라빛 나그네 하나 있었다니라. 하여. 앞도 뒤도 없는 이야기. 몇 말. 노변(路邊)에 뿌려놓고. 억광 하늘 아래 신명(神明)은 처음으로 그곳서 빛나 벋은 무지개 우주(宇宙)를 벗어나 슬어져갔다니라.

이르노니 지금 예까지 와 있는 역사(歷史)의 중량(重量)이여 당신의 보따리 속에 든 인구며 곤충(昆蟲)이며 전통(傳統)이며 정신문명(精神文明)이며 이뤄 하늘 향(向)해 앞발 한번 버팅겨 보시지.

짓꽃은 이야기다.

허허만년(虛虛萬年). 초원(草原)이 있고 냇물이 있고 양달이 있고, 독사(毒蛇)가 있고 암과 숫 쌍쌍(雙雙)히 엉켜 새끼 치곤 죽어져갔다.

제2화

간밤에 밟히워간 가난한 목숨들의 명복(冥福)을 위하여. 지금 어데선가 아우성치고 있을 못된 아귀(餓鬼)들의 진혼(鎭魂)을 위하여. 그리고는 내일날 태양(太陽)빛 찬란히 빛나 있을 총살집행장(銃殺執行場) 꽃바람 부는 교외(郊外) 잔디밭 언덕으로 끌려 나갈 아름다운 인류(人類)들의 눈물을 위하여.

내 동리(洞里) 불사른 사람들의 훈장(勳章)을 용서하기 위하여. 코스모스 뒤안길 보리사발 안은 채 죽어 있던 누나의 사랑을 위하여. 감옥(監獄)돌 묻으러 갈 꽃상여의 길닦이를 위하여. 아푸리카 사막(砂漠)에서 일사병(日射病)으로 눈먼 식민지 병사들의 월급봉투를 위하여. 그리고는 먼 훗날 당신이 서 있을 대지(大地)를 쪼개고 솟아나올 시생대(始生代) 암층(岩層) 깊숙히 우리의 대서사시(大敍事詩)를 새겨넣기 위하여.

제3화

내가 온달 때 당신은 구름 덮으시더라. 나는 원시(遠視) 그래서 당신은 멀리 있어야 잘 생각(生覺)난다 이렀더니 싫어도 당신은 끄덕이시이더라.

무엇을 너는 내게 요구(要求)코 있는 건가. 나의 간(肝) 말인가 금니빨 말인가 귀 말인가.

옛날엔 명실상부. 직업전투가(職業戰鬪家)가 있었삽니다. 이 족(族) 저 족 팔려다니며 성문(城門)직이 호랑이잡이 투인(鬪人) 꺼리. 이마에 뿔 돋히고 양 어금니 째져나온 불쌍한 종자(種子)들이 살었댑니다.

오늘엔 그들이 출세(出世)하였읍니다. 내성(內城)에 드러와서 왕좌(玉座)를 마련코. 부족(部族) 눕혀 구중궁궐(九重宮闕)

쌓올리고. 백성(百姓) 목덜미 위 군림(君臨)하여 천하를 호령
(號令)하고.

나도 물론 씨족전쟁(氏族戰爭)엔 나가보았습니다. 창(槍) 들
고 도끼 들고 코거리 하고 귀거리 하고. 닥치는 대로 대갈통을
바수어 함지박처럼 머리에 엎어쓰고. 가슴팍을 꿰어선 나무에
매달아두고.

시샛 사람들 도살(屠殺). 그건 정 시시한 짓이야요. 눈웃음
으로 못할 사이 원(怨)한도 없이. 도시(都市)채 시들시들 살아
져버리는 것.
싱겁기 짝이 없는 도매(都賣)굿이야요.

못난 짓 버릇 가운데 몸을 담그고
오늘 낼 숨쉬어가는 사람들이여
도끼는 신기(新奇)해도 손재주가 만든 것이며
비행기(飛行機)는 비싸도 땅에서 뜨는 것이다.

떡쇠의 입에는 쌀이 하루 세 사발
수상(首相)님의 대장(大腸)에는 비게가 하루 세 사발
대헌장(大憲章)은 존엄해도 코끼리의 안경(眼鏡)이다.

못난 짓 그릇 가운데 몸을 담그고
오늘 낼 버둥겨가는 사람들이여
가마귀는 나려와 분(粉)이 가슴 우에
구데기를 쪼아서 주둥질 닦을 께고
장군(將軍)님의 존안(尊顔) 우에 평소(平素)히 앉아서
누깔을 빼 먹고선 가웃거릴 것이다.

내 고향(故鄕)에 피는 꽃은 무슨 꽃일까.
봄. 갈. 여름. 내 생지(生地)에 펴나는 꽃은 무슨 꽃일까.
두견이. 패랑이. 들국(菊)? 거즛말이다 그러한 꽃은.
내 고향(故鄕) 산천(山川)에 펴나지 않는다.

들길을 가루질러 달구지가 지나갔다.
낯익은 얼굴들이 호박처럼 매달려 메마른 돌밭위에
부숴져가고 있었다

벗이여 말하라
  어데를 가면 나의 노래 자유스러운 깃을 달고 푸른 하늘 구
천세계(九天世界)를 훨훨 날아올 수 있을 것인가. 벗이여 말
하라 어데를 가면야 찾을 수 있을 것인가. 지금은 바람 잔 구

름 언덕 위 들노래처럼 사라져간 이른 이름이여

　성자(聖者) 종주(宗主)의 이름으로.
　국가(國家)와 인류(人類). 자유(自由)와 평화(平和)의 이름으
로. 모든 세련된 미덕의 이름으로 강제(强制)와 살인에 가담하
고 있는. 이십억(二十億) 점잖은 병신(病身)들이여.

　어데로 흘러가는 싸움떼이게 그많은 다툼에도 시비(是非)가
남았느뇨 어데를 흘러가는 목숨들이게 양 뿔이 빠지고도 고리
마져 짤려 있느뇨

　그 많은 내력 당신들이여
　하면 오늘밤은 어떻게 할 테란가

　벗이여, 눈 나리는 밤 어델 가면 사람과 짐승의 구별이 없어
질 것인가 이리의 겨드랑엔 다수운 피가 돌고 있을 것인가

　벗이여, 광막(廣漠)한 원시림(原始林)
　인간(人間) 된 거죽 홀홀이 찢어 던지고
　어두운 골짝 오손도손 짐승이 되어질 순 없단 말가.

아름다운 바람 하늘 높이 흘러가고
억만년(億萬年) 햇빛 머리 위에 퍼붓는다

하면 오늘 밤은 어떻게 할 테란가.
창(槍)을 쥔 설인(雪人)이여 화차(貨車) 같은 뱃장이여. 칼을
든 지도자여 지옥의 괴수여 침략이 아니면 도망병 수용소가

정의로운 폭약이여
박애스런 식민이여
메마름 공분모가
아니면 흉기공장(凶器工場) 기름진 굴뚝이
화려한 문명시엔 자랑스런 장막이고
이도령은 당신네 고등국민의 호랑이굴 아구리에 네 다리로
막고 서서 꽂혀오는 화살을 등가죽으로나 헤이고?

산(山)과 산.
산과 산
모과나무 가지엔 무엇이. 걸레처럼 발기발기 찢어져 걸려
있었고. 돌 벼개. 바위 그늘. 땀으로 세수하고 이슬에 목 추기
며. 동(東)으로. 서(西)으로. 남(南)으로. 북(北)으로.

오늘에 미친 사람 내일로 바람 잦게
내일로 죽흰 사람 모레에 환생하게
하여 원수(怨讐)로 죽은 사람 원수로 더불어 복수케 하며 바
퀴엔 바퀴로 불엔 불로 칼엔 칼로 수레바퀴로 죽은 사람 수레
바퀴로 짓니까려 복수케 하라

투구를 쓰고 싶어하는 자 쇠항아리를 만들아 씌워주라
사람을 죽이고 싶어하는 자
성가시게 찝적대는 자
영웅이 되고 싶어하는 자
로켓트에 메달아
대기 밖으로 내던져버려라

태양 밑에 있고 싶은 자 있게 하고
없고 싶은 자 없게 하라.
싸우고 싶은 자 골육(骨肉)끼리 싸우게 하고 독존(獨尊)하고
싶은 자 철창(鐵窓) 속에 독존케 하라.

빛나는 여름
구슬 뿌리며
산맥을 넘어간

소녀들의 흰 발이여
지금은 바람 잔 언덕 위
패랭이
민들레
들노래처럼
사라져간
그리운
이름 무리이여

## 제4화

어두운 대지(大地) 한 가닥 서기(瑞氣) 있어, 무릎 모두우고
이러앉는 그림자. 헝클진 앞가슴 아모려 여미며 비녀는 입에.
두 손은 머릴 간조롱이고. 동트는 대지.
　계곡(溪谷)과 들녘에 한 올기 맨발 번 육혼(肉魂)은 살어.
　태백(太白) 줄기 고을고을마다 강남(江南)제비 돌아와 흙 물
어 나르면
　산이랑 들이랑 내랑 이뤄 그 푸담한 젖을 키우는
　울렁여는 내 산천(山川)인데……

　맛동 마을(薯童) 농삿집에 태어나 말썽 없는 꾀벽동이로 딩

굴벙굴 자라서, 씨 뿌릴 때 씨 뿌리고 걷워딜때 걷워딜 듯 어여쁜 아가씨와 짤랑짤랑 꽃가마나 타보고 환갑(甲)잔치엔 아들딸 큰절이나 받으면서 한평생(平生) 살다가 조용히 묻혀 가도록 내버려나 주었던들……

흙에서 나와 흙에로 돌아가며. 영원회귀(永遠回歸) 운운 이야기는 없어도 햇빛을 서로 누려 번갈아 태어나고. 자낸 저만큼 이낸 이만큼 서로 이물을 두어 따 위에 눕고. 사람과 사람과의 중복(重複)됨이 없이 흙에서 솟아 흙에로 흐터져 돌아갔을. 인간기생(人間寄生)을 몰을 사람들.

산정(山頂)의 제왕(帝王)……
얼마나 좋은가. 그리고 나의 발아래. 저렇게 많이 산(山)의 경사(傾斜)를 조챠. 무진한 돌들이 천꼴 만색으로 붙어 있지 아니한가. 대지에는 지열(地熱)도 영천(靈泉)도 솟는다 하데마는 짐(朕)이 디디고 있는 이 산은 인육(人肉)으로 구축(構築)된 말하자면 기생탑(寄生塔)일세. 그래서 그놈들의 등가죽에선 문서냄밖에 맡을 수가 없단 말야.

전설(傳說)이 아닐세. 한창 만발(滿發)했는걸. 농사고 마누라고 집어던지고 뜬 봉사 아닌 담엔 악을 쓰고 모가지가 부러

88

지고 어깨죽지가 나가고 불알이 터져도 이 들끓는 구데기밭으로만 몰여오고 있네. 아뭇 놈이든 뒤엉켜 아구다툼하는 목숨들의 정상(頂上)에 젤 먼저 올라가 깊고 튼튼하고 실속있는 그놈을 음! 꾹 박어놓는 주먹이 갑오야. 등가죽으로 창자로 목통으로 꿰뚫린 그놈을 달고 다니게 된 그 밑 신하층(臣下層)은 그날부터 산이지. 자고로 홈통이 백히고 울타리가 마련되면 높이 솟은 중앙궁성(中央宮城)의 벽(壁)마다에는 무수힌 나비떼가 늘어붙어. 피도 빨고 비바람도 막아주고 노래도 불러주고 하는 법이니까.

　헌데 건 그렇고 우스운 이야기는 따에 붙어사는 그 버섯들의 살림사리 말일세.

　그들이야말로 이런 따위
　저희끼리 눈감고 야웅하는 격
　왕궁(王宮)과 통치권(統治權)에 아랑곳 없으니까.

　이차대전(二次大戰) 저물어가기 얼마 전의 이야길세
　두만강변(豆滿江邊) 어느 촌락(村落)을 지남 길
　한 하라버지로부턴 이런 이야길 들은 일이 있네.

우리하고 글쎄 무슨 상관(相關)이 있단 말이오
왜 자꾸 와 귀찮게 찝쩍이냐 말이요
내 멀쩡한 사지(四肢)로 땅을 일궈서
강냉이 고구마 조를 추수하고
옆 마을 해삼(海蔘)장 점북과 바꿔오구
시집 보내구 장가 보내구 잘 사는데
글세 뭘 어떻거겠단 말이랑요.

그러나 그들의 마을에도 등가죽에도,
방방곡곡(坊坊谷谷) 벋어온 낙지의 발은
악착스레 착근(着根)하여 수렁이 되었나니

이름 좋은 오천년간(五千年間) 만주의(萬主義)는
백성의 허가 얻은 아름다운 도적(盜賊)이었나?

제5화

가리워진 안개를 걷게 하라
국경(國境)이며 탑(塔)이며 학문(學門)의 울타리며
죽가래 밀어 바다로 몰아넣라

하여 하늘을 흐르는 날새처럼
한세상(世上) 한 바람 한 햇빛 속에.
만가지와 만 노래를 한가지로 흐르게 하과네라

보다 큰 집단(集團)은 보다 큰 체계를 건축(建築)하고
보다 큰 체계는 보다 큰 악(惡)을 양조(釀造)한다

조직(組織)은 형식(形式)을 강요(強要)하고
형식은 위조품(僞造品)을 모집(募集)한다

하여 전통(傳統)은 궁(宮)궐 안의 상전(上典)이 되고
조작(造作)된 권위(權威)는 주위(周圍)를 침식(侵蝕)한다.

조직이며 체계며 넝마며
죽가래 밀어 바다로 몰아넣어라

하여 하늘을 흐르는 날새처럼
한세상 한 바람 한 햇빛 속에
만(萬)가지와 만노래를 흐르게 하과네라

제6화

아무래도 이 자식(子息)이 돌았나보. 신경(神經)줄이 베껴져 헛놀거나 못 먹을 것을 먹었거나. 짜장 황하기(黃河期)만 못한 걸…… 이대로 두었다간 지구고 혼사(婚事)고 남아날 게 없겠소 도끼로 빠개고 칼로 헤쳐서 좀 다듬어봐야지 안 듣거든 불살라버리지 씨가 나쁜 거야 별 수 있나 아버님께 간청해서 새 종자 얻어 또 키워봐야지

없으려나봐요. 사람다운 사낸. 어머니 어쩌면 좋아요 이 푸담한 흰 가슴 건강한 아랫도리 붉은 입술 아름다운
바람 밑 누워 허송하긴 어머니 아까와 못 견디겠어요. 어데요?
그게 어디 사람이예요 기술자(技術者)지. 어머니두 어데요? 그건 뭐 또 사람이에요? 치차업(齒車業) 388호(号)라고 명패까지 붙어 있지 않아요? 어데요. 어머니두. 주먹 아네요?저건 꼭두각시구 저건 다리구 저건 계수기(計數器)고.

별수 없어요 어머니. 저 눈먼 기능자(技能子)들 한 십만개 긁어모아다 가마솥에 쓸여옇구 끓여봐주세요. 혹시 한 사람쯤 둥근 모습이 우러나올지도 모르니까요. 그래두 안되거든 어머

니. 생각이 있어요. 좀 내가 힘들 테지만 지상에 있는 모든 숫들의 씨를 모주리 한번 받아보겠어요 그 반편들 걸. 뱃속 받아넣고 정성껏 조리해보겠어요. 하나쯤 만들어질 수 있을 것 같아요. 둥근 아기. 전인(全人) 새끼 하나 낳아 놓겠세요 어머니.


귀족(貴族)의 발톱에 늘어붙어온
매니큐어를 칠해주고 굽실거리는 전문가(專門家)


장식용(裝飾用) 케이크 제조상(製造商) 정시업가씨(丁詩業家氏) 경기(景氣)가 어드레?

오 그럴 꺼야 쌀값도 쌀값이지만 그 영화관(映畵館) 테레비집들이 바루 옆에다 신장개업(新裝開業)을 해놔서. 그리고 그 산문업가(散文業家)들인가 뭔가 앞길 복판에다 전을 벌려놨으니 될 게 뭐야. 그 된 소리 안된 소리 걸레처럼 싸구려를 불러쌌는 넝마장수 말야. "항아리" 그림가게도 관중(觀衆)이란 파리뿐이라더군? 교향곡(交響曲) 탑(塔)은 구름 속에 솟아서 뭐 무너져버릴 것 같다구. 골동품 시절은 다 갔어. 철사(鐵絲)맛보단 살[肉]맛이 좋거든?


해 저문 바닷가의 이발사(理髮師) 씨(氏)
단애(斷崖) 위의 구두 수선가(修繕家) 선생(先生) 산록(山麓)

의 수렵가 박사(博士)
　그만 돌아들 오시지 삼간등(三間燈) 비친 창(窓)문이 기다리
고 있는데.

　제길할 빈집뿐일세그려 주인(主人)은 없는데 하인(下人)과
객(客)들이 얼싸붙고 닭 잡아라 절 받어라 야단이니 썅.

　거북 등에 가서 집 짓고 늘어붙는 소라. 잠자는 코끼리 등에
올라 국경(國境)들을 그어놓고 다퉈쌌는 개미떼.
　깊은 지옥(地獄)의 아구리에 백지(白紙) 한장 깔고 누운 곰
의 행복(幸福)한 눈. 귀족의 발톱에 늘어붙어 일생 메니큐어를
발라주고 굽실거리는 전문가 철근(鐵筋)과 철(鐵)조망으로 천
당(天堂)을 지어놓고 문 지키는 수고(手苦). 아무래도 핵분열
적(核分裂的) 쑈야.

　매미는 언제까지 뜻 모를 소리만 울어예는가
　온실(溫室) 속에서 울어예는 매미는 무엇을 먹고 살아쌌
는가.
　노동은 머리 위에 나븨꽃이나 한마리 매미를 달기 위해
　열두해 긴긴 세월 밭가는 돼지?

돼지는 노래하라
밭을 갈면서
씨를 뿌리라 한알 한톨 피 맺힌 말쌈으로

돼지는 말쌈하라
밭을 갈면서
예보하라 날씨도
실업(失業)케 하라 왕(王)도 한알 한톨 피 맺힌 말쌈으로.

후화(後話)

숯한 봄 여름 가을 잊어진 세월
양지(陽地)바른 분지(盆地) 잡초(雜草)의 떼는
무성(茂盛)케도 이루어 쓸어져갔다.

묽어진 살림사리 해마다 쌓여
마흔아홉두개의 비옥(肥沃)한 층(層)을 입었을 때

그곳에선 육신(肉身) 같은 미끈한 줄기가
아름다운 향기(香氣)를 사지(四地)에 뿌리며
녀늘거리는 요화(妖花)처럼 돋아나고 있었다.

한그루 불전(佛典)을 꽃피우기 위하야
선사(先史) 오천년(五千年)은 묻히어갔고

한그루 피어난 성서(聖書)의 지층(地層)에는
구십구억(九十九億) 창세인민(創世人民)의
몸부림 든 사상(思想)이 썩어 있었다.

우리들이 돌아가는 자리에선
무삼꽃이 내일(來日)날 피어날 것인가.

잡초의 무성을 나래 밑에 거느리며
칠천년(七千年) 늙어온 몇그루 고목(古木)

당신네 말쌈도 지혜(知慧)에 법열(法悅)도
문명(文明)에 행복도 그대네 작업(作業)도
늘어붙어 지층 이룰 갑충(甲蟲)의 무덤

정신(精神)을 장식(裝飾)한 백화(百花) 만상(萬象)여
몇만년(萬年) 풀밭 이룬 인종(人種)의 가을이여

흐므러지게 쏟아져 썩는 자리에서
무삼 꽃이 내일날엔 피어날 것인가.

우주(宇宙) 밖 창을 여는 맑은 신명(神明)은
태양(太陽)빛 거느리며 피어날 것인가.

태양빛 거느리는 맑은 서사(敍事)의 강(江)은
우주 밖 창을 열고 흘러갈 것인가.

〔이상 1958년 11월 18일 탈고(脫稿)〕

# 제2부

# 금강
## 1967

# 금강(錦江)


### 1


우리들의 어렸을 적
황토 벗은 고갯마을
할머니 등에 업혀
누님과 난, 곧잘
파랑새 노랠 배웠다.

울타리마다 담쟁이넌출 익어가고
밭머리에 수수모감 보일 때면
어디서라 없이 새보는 소리가 들린다.

우이여! 훠어이!

쇠방울 소리 뿌리면서
순사의 자전거가 아득한 길을 사라지고
그럴 때면 우리들은 흙토방 아래
가슴 두근거리며
노래 배워주던 그 양품장수 할머닐 기다렸다.

새야 새야 파랑새야

녹두밭에 앉지 마라
녹두꽃 떨어지면
청포장수 울고 간다.

잘은 몰랐지만 그 무렵
그 노랜 침쟁이에게 잡혀가는
노래라 했다.

지금, 이름은 달라졌지만
정오가 되면 그 하늘 아래도 오포가 울리었다.

　　　일 많이 한 사람 밥 많이 먹고
　　　일하지 않은 사람 밥 먹지 마라,
　　　오우우…… 하고.

질앗티
콩이삭 벼이삭 줍다보면 하늘을
비행기 편대가 날아가고
그때마다 엄마는 그늘진 얼굴로
내 손 꼭 쥐며
밭두덕길 재촉했지.

내가 지금부터 이야기하려는
그 가슴 두근거리는 큰 역사를
몸으로 겪은 사람들이 그땐

그 오포 부는 하늘 아래 더러 살고 있었단다.

앞마을 뒷동산 해만 뜨면
철없는 강아지처럼 뛰어다니는 기억 속에
그래서 그분들은 이따금
이야기의 씨를 심어주고 싶었던 것이리.

그 이야기의 씨들은
떡잎이 솟고 가지가 갈라져
어느 가을 무성하게 꽃피리라.

그 일을 그분들은 예감했던 걸까.
그래서 눈보라 치는 동짓달
콩강개 묻힌 아랫목에서
숨 막히는 삼복(三伏) 순이엄마 목매었던
그 정자나무 근처에서 부채로 매미 소리
날리며 조심조심 이야기했던 걸까.

배꼽 내놓고
아랫배 긁는
그 코흘리개 꼬마들에게.

2

우리들은 하늘을 봤다
1960년 4월
역사를 짓누르던, 검은 구름장을 찢고
영원의 얼굴을 보았다.

잠깐 빛났던,
당신의 얼굴은
우리들의 깊은
가슴이었다.

하늘 물 한아름 떠다,
1919년 우리는
우리 얼굴 닦아놓았다.

1894년쯤엔,
돌에도 나뭇등걸에도
당신의 얼굴은 전체가 하늘이었다.

하늘,
잠깐 빛났던 당신은 금세 가리워졌지만
꽃들은 해마다
강산을 채웠다.

태양과 추수(秋收)와 연애와 노동.

동해(東海),
원색의 모래밭
사기 굽던 천축(天竺) 뒷길
방학이면 등산모 쓰고
절름거리며 찾아 나섰다.

없었다,
바깥세상엔. 접시도 살점도
바깥세상엔
없었다

잠깐 빛났던
당신의 얼굴은
영원의 하늘,
끝나지 않는
우리들의 깊은
가슴이었다.


제1장

반도는,
가는 곳마다

가뭄과 굶주림,
땅이 갈라지고 서당(書堂)이 금 갔다.
하늘과 땅을
후비는 흙먼지.

1862년
전봉준이 여덟살 되던 해
경상도 진주(晉州)에서
큰 농민반란이 일어났다.

세금,
이불채 부엌세간 초가집
다 팔아도 감당할 수 없는
세미(稅米), 군포(軍布),
마을 사람들은 지리산 속 들어가
화전민 됐지.

관리들은 버릇처럼 또
도망간 사람들 몫까지
이징(里徵), 족징(族徵) 했다.
총칼 앞세운 진주병사(兵使)
백낙신(白樂莘).

삼천의
농민들이 대창 들고 관청에 몰려와

병사 내쫓고 아전 죽이고
노비문서 불살라버렸다.

정부는 병사를 잡아
더 좋은 기름고을 벼슬을 주고,
다음해, 윷놀이가 한창인 정월 대보름날
진주 농민 마흔일곱명을 묶어
교수했다.

1871년
경상도 문경(聞慶)에서
농민군 이천명이
동학교도 이필(李弼)의 지휘로
관아를 습격, 죄수들을 석방하고
노비문서 불사르고 창고를 때려부숴
쌀을 꺼내다가 농민에게 나눠줬다.

황해도,
평안도,
이곳저곳에서
농민반란은 터졌다.
마치 연주창처럼
걷잡을 수 없이, 팔도강산 이곳저곳에서
잇달아 터졌다.

제2장

짚신 신고
수운(水雲)은, 삼천리
걸었다.

1824년
경상도 땅에서 나
열여섯 때 부모 여의고
떠난 고향

수도(修道) 길.
터지는 입술
갈라지는 발바닥
해어진 무릎.

이십년을 걸으면서,
수운은 보았다.
팔도강산 뒹군 굶주림
학대,
질병,
양반에게 소처럼 끌려다니는 농노.
학정
뼈만 앙상한 이왕가(李王家)의 석양.

이천년 전
불비 쏟아지는 이스라엘 땅에선
선지자 하나이 나타나
여문 과일 한가운델
왜 못박히었을까.

삼천년 전
히말라야 기슭
보리수나무 투명한 잎사귀 그늘 아래에선
너무 일찍 핀
인류화(人類花) 한 송이가
서러워하고 있었다.

1860년 4월 5일
기름 흐르는 신록의 감나무 그늘 아래서
수운은,
하늘을 봤다.
바위 찍은 감격, 영원의
빛나는 하늘.


제3장

어느 해

여름 금강변을 소요하다
나는 하늘을 봤다.

빛나는 눈동자.

너의 눈은
밤 깊은 얼굴 앞에
빛나고 있었다.

그 빛나는 눈을
나는 아직
잊을 수가 없다.

검은 바람은
앞서 간 사람들의
쓸쓸한 혼을
갈가리 찢어
꽃 풀무 치어오고

파도는,
너의 얼굴 위에
너의 어깨 위에, 그리고 너의 가슴 위에
마냥 쏟아지고 있었다.

너는 말이 없고,

귀가 없고, 봄도 없이
다만 억천만 쏟아지는 폭동을 헤치며
고고(孤孤)히
눈을 뜨고
걸어가고 있었다.

그 빛나는 눈을
나는 아직
잊을 수가 없다.

그 어두운 밤
너의 눈은
세기(世紀)의 대합실 속서
빛나고 있었다.

빌딩마다 폭우가
몰아쳐 덜컹거리고
너를 알아보는 사람은
당세에 하나도 없었다.

그 아름다운,
빛나는 눈을
나는 아직 잊을 수가 없다.

조용한,

아무것도 말하지 않는,
다만 사랑하는
생각하는, 그 눈은
그 밤의 주검 거리를
걸어가고 있었다.

너의 빛나는
그 눈이 말하는 것은
자시(子時)다, 새벽이다,
승천(昇天)이다.

어제
발버둥치는
수천수백만의 아우성을 싣고
강물은
슬프게도 흘러갔고야.

세상에 항거함이 없이,
오히려 세상이
너의 위엄 앞에 항거하려 하도록
빛나는 눈동자.
너는 세상을 밟아 디디며
포도알 씹듯 세상을 씹으며
뚜벅뚜벅 혼자서
걸어가고 있었다.

그 아름다운 눈.
너의 그 눈을 볼 수 있은 건
세상에 나온 나의, 오직 하나
지상(至上)의 보람이었다.

그 눈은
나의 생(生)과 함께
내 열매 속에 살아남았다.

그런 빛을 가지기 위하여
인류는 헤매인 것이다.

정신은
빛나고 있었다.
몸은 야위었어도
다만 정신은
빛나고 있었다.

눈물겨운 역사마다 삼켜 견디고
언젠가 또다시
물결 속 잠기게 될 것을
빤히, 자각하고 있는 사람의.

세속된 표정을

개운히 떨어버린,
승화된 높은 의지 가운데
빛나고 있는, 눈

산정(山頂)을 걸어가고 있는 사람의,
정신의
눈
깊게. 높게.
땅속서 스며나오듯 한
말 없는 그 눈빛.

이승을 담아버린
그리고 이승을 뚫어버린
오, 인간정신미(美)의
지고(至高)한 빛.


제4장

수운은
왕명으로 체포되어
대구(大邱) 감영 속 감금되었다가,
1864년 3월 10일
대구 노들벌에서 순교했다.

해월(海月)이 옥리를 매수하여
수운을 탈옥시키려고,
옥 안에 들어섰을 때, 수운은
담뱃대 하나 해월에게 쥐여주며
빨리 돌아가라 할 뿐
움직이려 하지 않았다.

주막집,
등잔불 아래 마주 앉은
문경 접주 이필, 제2세 동학교주 해월,

선사(先師)에게서 받은 담뱃대를 쪼개니
종이 심지.
종이 심지를 펴보니
깨알 같은 붓글씨,

  그대 마음이 곧 내 마음이어라
  우리의 죽음은 오히려 지붕 떠받드는
  기둥으로 영원한 것.

  나는 고이 하늘의 뜻에 따르려노니
  그대는 내일 위해 어서
  먼 땅으로 피하라.

  〈등명수상 무혐극(燈明水上 無嫌隙)

114

주사고형 역유여(柱似枯形 力有餘)

오(吾)는 순수천명(順受天命)하니
여(汝)는 고비원주(高飛遠走)하라〉

들에선 농부들이
거름을 퍼내고
거름 무덤에선
아침 햇살 속
흰 김이 무럭 피었다.

장꾼으로 변장한
해월, 이필, 그리고 몇 사람은
상주(尙州)의 들을 거쳐
문경새재 아흔아홉 굽이 휘어
태백산을 찾았지.

왕실에선 천냥의 현상금 걸어
해월을 수배하고.

일찍이 수운은
두권의 저서를 남겼다

동경대전(東經大全),
용담유사(龍潭遺詞),

사람은 한울님이니라
노비도 농사꾼도 천민도
사람은 한울님이니라

우리는 마음속에 한울님을 모시고 사니라
우리의 내부에 한울님이 살아 계시니라
우리의 밖에 있을 때 한울님은 바람,
우리는 각자 스스로 한울님을 깨달을 뿐,
아무에게도 옮기지 못하니라.
모든 중생이여, 한울님 섬기듯 이웃 사람을 섬길지니라.

수운은
집에 있는 노비 두 사람을
해방시키어
하나는 며느리
하나는 양딸,

가지고 있던
금싸라기 땅 열두마지기
땅 없는 농민들에게
무상으로 나누었다.

제5장

진달래,
지금도 파면, 백제 때 기왓장
나오는 부여(扶餘) 군수리
농사꾼의 딸이 살고 있었다.

송홧가루 따러
금성산(錦城山) 올랐다
내려오는 길
바위 사이 피어 있는 진달래
한 송이 꺾어다가
좋아하는 사내 병석 머리맡
생화(生花) 해줬지.

다음담 날
그녀는 진달래,
화병에서 뽑아, 다시
금성산 기슭
양지쪽에 곱게 묻어줬다.

백제,
천오백년, 별로
오랜 세월이
아니다.

우리 할아버지가
그 할아버지를 생각하듯
몇번 안 가서
백제는
우리 엊그제, *그끄제*에
있다.

진달래,
부소산(扶蘇山) 낙화암
이끼 묻은 바위 서리 핀
진달래,
너의 얼굴에서
사랑을 읽었다.

숨결을 들었다,
손길을 만졌다,
어제 진
백제 때 꽃구름
비단치마폭 끄을던
그 봄 하늘의
바람 소리여.

마한(馬韓) 땅,
부리달이라는 사나이가

우는 아들 다섯살배기를 맴매했다.
귓가에 희미한 먹이 졌다.

귓가의 먹을 본 동네 할아버지
아소는, 어린이의 손을 잡고
흙길에 앉아서 울었다.

마을 앞엔 정자나무가 있었고
정자나무 옆엔 두레마당,

동네 할아버지 아소는 부리달을
두레마당에 불러다 놓았다.

흙바닥에 나뭇개비로 조그만
동그라미 그어놓고 부리달로 하여금
사흘 밤낮을, 동그라미 속에 서 있게
벌줬다.

아소도 그 옆 또 하나의
조그만 동그라미 그어놓고
사흘 밤낮을 서서, 밤이슬 맞으면서
함께 울었다.

제6장

우리들에게도
생활의 시대는 있었다.

백제의 달밤이 지나갔다,
고구려의 치맛자락이 지나갔다,

왕은,
백성들의 가슴에 단
꽃.

군대는,
백성의 고용한
문지기.

앞마을 뒷마을은
한식구,
두레로 노동을 교환하고
쌀과 떡, 무명과 꽃밭
아침저녁 나누었다.

가을이면 영고(迎鼓), 무천(舞天),
겨울이면 씨름, 윷놀이,
오, 지금도 살아 있는 그 흥겨운

농악이여.

시집가고 싶을 때
들국화 꽂고 꽃가마,
장가가고 싶을 때
정히 쓴 이슬마당에서
맨발로 아가씨를 맞았다.

아들을 낳으면
온 마을의 경사
딸을 낳으면
이웃 마을까지의 기쁨,

서로, 자리를 지켜 피어나는
꽃밭처럼,
햇빛과 바람 양껏 마시고
고슬고슬한 쌀밥처럼
마을들은 자라났다.

지주도 없었고
관리도, 은행주(銀行主)도,
특권층도 없었었다.

반도는,
평등한 노동과 평등한 분배,

능력에 따라 일하고
필요에 따라 분배,
그 위에 백성들의
축제가 자라났다.

늙으면 마을 사람들에 싸여
웃으며 눈감고
양지바른 뒷동산에 누워선, 후손들에게
이야기를 남겼다.

반도는
평화한 두레와 평등한 분배의
무정부 마을
능력에 따라 일하고
필요에 따라 분배,
그 위에 청춘들의
축제가 자라났다.
우리들에게도 생활의 시대는 있었다.

언제부터였을까,
살림을 장식하기 위해 백성들 가슴에
달았던 꽃이, 백성들 머리 위 기어올라와,
쇠항아리처럼 커져서 백성 덮누르기
시작한 것은

언제부터였을까, 산짐승, 유한(有閑) 약탈자
쫓기 위해 백성들 문밖 세워뒀던 문지기들이,
안방 기어들어와 상전 노릇 하기
시작한 것은,

이조(李朝) 오백년의
왕족,
그건 중앙에 도사리고 있는
큰 마리낙지.

그 큰 마리낙지 주위에
수십수백의 새끼낙지들이 꾸물거리고 있었다
정승배, 대감마님, 양반나리, 또 무엇

지방에 오면 말거머리들이
요소요소에 웅거하고 있었다
관찰사, 현감, 병사, 목사(牧使),

마을로, 장으로
꾸물거리고 다니는 건 빈대,
봉세관(捧稅官), 균전사(均田使), 전운사(轉運使), 아전, 이
속, 관세위원(官稅委員)
그들도 벼슬은 벼슬이었다.

벼슬자리란 공으로 들어오지

않는 법,
밑천을 들였으면
밑천을 뽑아야,

그리고 지금이나
예나, 부지런히 상납해야
모가지가 안전한 법,

그래서, 큰 마리낙지 주위엔
일흔마리의 새끼낙지가,

일흔마리의 새끼낙지 산하엔
칠백마리의 말거머리가,

칠백마리의 말거머리 휘하엔
만마리의 빈대 새끼들이,

아래로부터, 옆으로부터,
이를 드러내놓고 농민 피를 빨아

열심히, 상부로 상부로
올려바쳤다.

큰 마리낙지는
그럼 혼자서 살쪘나?

오늘, 우리들 책 끼고
출근버스 기다리는 독립문 근처
상전국(上典國) 사신의 숙소 모화관(慕華館)이 있었다.
지금으로 말하면
무슨 호텔, 아니면 무슨 대사관,

해마다 왕실은
삼십삼만냥의 금은보활,
청나라 황실에 상납.
그리고 삼십칠만냥의 돈 들여
상전국 사신, 술과 고기와 계집으로 접대했다.

　　　〈혹, 노예들에 의해
　　　우리 왕실 밀려나게 됐을 때
　　　즉각 귀국 군대로
　　　도와주옵소서.〉

신라 왕실이
백제, 고구려 칠 때
당나라 군사를 모셔왔지.

옛날 사람 욕할 건 없다.

우리들은 끄떡하면 외세를

자랑처럼 모시고 들어오지.

8·15 후, 우리의 땅은
디딜 곳 하나 없이
지렁이 문자로 가득하다.

모화관에서 개성(開城) 사이의 행길에 끌려나와
청나라 깃발 흔들던 눈먼 조상들처럼,

오늘은 또, 화창한 코스모스길
아스팔트 가에 몰려나와,
불쌍한 장님들은, 대중도 없이 서양 깃발만
흔들어댄다.

허나
다녀가는 높은 오만들이여
오해 마시라,
그대들이 만져본 건 역사의 껍데기,

알맹이는 여기
언제나 말없이 흐르는 금강처럼
도시와 농촌 깊숙한 그늘에서
우리의 노래 우리끼리 부르며
누워 있었니라.

누구였던가, 무엇에 당선만 되면
다음날 당장 미국에 건너가
더 많은 동냥, 얻어올 수 있다고 장담했던
정치 거지는,

내 진실로 묻노니 그대들이 구걸해온
동냥돈이, 단 한번만이라도 농민들의
밥사발에, 쌀밥으로 담겨져본 적이 있었는가.

후진국의 땅은 포도주,
포도주는 썩어야 맛이 날까.

버터와 재즈와 달러와
양키이즘으로, 우리의 땅은
썩혀졌을까.

원조물자, 달러는 효모,
발효한 항아리에서 포도주 빼가기에
바쁜 넥타이 맨 장사꾼의 얼굴은 어떻게 생겼을까.

방마다에서 한국의 토산물
흥정되고, 자본의 앞잡이들은
한국지도 위 등불 밝혀놓고
분주히 주판알 튕긴다.

자본이 벨을 누르면
중앙청 정승 대감들이
맨발로 달려와
머리 조아리고.

다음날 그들
은행실(銀行室) 벼슬아치들은
호남평야 원주민의 쌀값을
대폭 인하.

자본실이 가지고 들어온
설탕값을 스물세 곱으로 올린다.

달러의 냄새란 좋은 것,
미나리처럼 쭉쭉 뻗은
코리아산(産) 여대생들
라이프지(紙) 끼고 그 근처 와
온종일 빙빙 돌지.

눈먼
백성들이여,
가도 가도
끝이 없을
눈먼 행렬이여,

오늘의 하늘 아래
반도에 도사리고 있는
큰 마리낙지, 작은 마리낙지,
새끼 거머리들이여.

눈도 코도 없이
벌거벗고 대낮 거리에 나온
화냥년들과 놀아나는
부자나라 지키는 문지기들이여.

갈라진 조국
강요된 분단선.

우리끼리 익고 싶은 밥에
누군가 쇳가루를 뿌려놓은 것 같구나.

너와 나를 반목게 하고
개별적으로 뜯어가기 위해
누군가가 우리의 세상에
쇳가루 뿌려놓은 것 같구나.

4월달, 우리들, 밥은
익었었는데
누군가가 쇳가루 뿌려놓은 것 같구나.

연인이여, 너와 나의 쌀밥에
누군가 쇳가루 뿌려놓은 것 같구나.


제7장

여행을 떠나듯
우리들은 인생을 떠난다.

이미 끝난 것은
아무렇지도 않다.

지금,
이 시간의 물결 위
잠 못 들어
뒤채이고 있는
병 앓고 있는 사람들의
그 아픔만이
절대(絶大)한 거.

굶주려본 사람은 알리라,
하루 이틀도 아니고
한해 두해도 아니고
철들면서부터
그 지루한

삼십년, 오십년을
굶주려본 사람은
알리라,

굶주린 아들딸애들의
그, 흰 죽사발 같은
눈동자를,
죄지은 사람처럼
기껏 속으로나 눈물 흘리며
바라본 적이 있는
사람은 알리라.

뼈를,
깎아 먹일 수 있다면
천개의 뼈라도 깎아 먹여주고
싶은,
그 아픔을
맛본 사람은 알리라.

이미 끝낸 사람은
행복한 사람이어라,
이미 죽은 사람은
행복한 사람이어라.

제8장

하늬는
한쪽 발을 조금
절었다.

세살 때
김진사(金進士)가 마당에
내던졌었다.

대문 여닫는 소리
박쪽 굴러다니는 소리
검불이 이리저리 날리고

먼 마을에서
대감집 닭이 세월도 없이
길게 울 때,

이런 땐
틀림없이 나무뿌리
소나무껍질, 일찍 나온 냉이
쑥뿌리 찾는 굶주린 행렬들이
산과 들판
시래기처럼 하이얗게
널리고,

누구네 집 재를 내는
머슴은
대왕펄 보리밭에서
부옇게 재 뒤집어쓰고
재채기에 체머리 흔들고 있으리라.

그렇지
또 있다.
갈대꽃 날리는 강 언덕
옷보자기 낀 아낙네가
치맛자락 날리며,
지금도 나룻배
기다리고 있겠지,
맞바우.

하늬는,
김진사네 집 머슴
돌쇠가 주워다 기르고 있었다.

세살짜리는
날마다
배가 고팠다,
아랫목에 묻어둔
콩강개도 없이.

그날은
김진사 집에
서울 사는 정(鄭)대감님이 오시는 날.

동네 노소부녀(老少婦女) 다 동원해서
한달 전부터 길을 닦고
환영 준비에 바빴다.
마을 사람은 돈 있는 사람의
종이었으니까.

배가 고픈 하늬는
엎디어서 울었다
코를 땅에 박고
지치도록 서럽게
서럽게 울었다.

연놈들이 말 잘 안 듣는다고
노발대발, 치알 치는 유첨지를 호령하던
김진사가 신발한 채 행랑방에 뛰어들어
우는 아이 마당 밖으로 집어던져
돼지우리 속 떨어졌다.

삼신할머니가 받았음일까,
발목 복숭아뼈가 조금 삐져나왔을 뿐,

우는 소리가 뚝 그치고
한 손으로 머리 긁으며
일어나 앉았다.

그날부터 하늬는
부소산 너머 뒷개 사는
조(趙)할머니가 앞치마에 꾸려다
길렀다.

조할머니의 남편은 광해군 때
애매한 역모죄로 귀양 가 죽었다,
더없이 선량한 선비, 눈이 너무
맑아서 죄지을 줄 모르는 선비는
돼지죽 속 진주처럼 밀려나는 법일까.

하늬는 열두살 나던 해
조할머니를 잃었다.
아홉해 동안 조할머니는
서기 어린 하늬의 뇌 속에
한서(漢書), 불경(佛經), 수십권을 읽혔다.

하늬의 아버지에 대해선
아무도 몰랐다,
비가 오는 날, 돌쇠 앞에
흠씬 젖은 여인이 나타나

무명보자기에 싼 걸
맡기고 갔다.

　　　"이 아이 조상은 묻지 말아
　　　주세요, 제가 돌아올 때까지만
　　　보살펴주세요.
　　　은공 잊지 않겠어요,
　　　혹 못 돌아오더라도.

　　　이름은 하늬예요,
　　　성은 신(申)."

그녀는, 고개를 돌린 채
무명보자기와, 몇닢의
동전 방바닥에 놓고
빗속을 사라졌다.

아기의 손엔
콩알만한, 노리개 은방울이
쥐어져 있었다.

하늬는,
철들면서부터 돌쇠를
아버지처럼 모셨다,
그의 몸에서, 콩알만한

그 수수께끼 같은 노리개 은방울이
떠날 날 없었듯.


제9장

누가 하늘을 보았다 하는가,
누가 구름 한 송이 없이 맑은
하늘을 보았다 하는가.

네가 본 건, 먹구름
그걸 하늘로 알고
일생을 살아갔다.

닦아라, 사람들아
네 마음속의 구름.

아침저녁
네 마음속, 구름을 닦고
티 없이 맑은 영원의 하늘을
볼 수 있는 사람은,

외경(畏敬)
을 알리라.

차마 삼가서
발걸음도 조심.
마음 아무리며,

서럽게,
아 엄숙한 세상을
서럽게,
살아가리라.

누가 하늘을 보았다 하는가,
누가 구름 한 자락 없이 맑은
하늘을 보았다 하는가.

불쌍할 뿐이었다.
눈으로 보고도,
석양,
읍에서
마을로 들어오는 고갯길에서
하늬는 기다리고 있었다.

향나무가 두그루 미루나무가 하나
무덤이 밭 가운데 있었다.

스물다섯에 만난 여자,
그리고 일년을, 깨알 쏟아지듯

다정하게 살림한 여자.
하늬는 괴로웠다,

벌거벗었던 마누라의
붉은 육체,
몸부림치고 있었다
흐느끼고 있었다,
하필이면 그 늙어빠진
김진사와,

그러면 그 김진사의 꼬임으로?
천둥번개 으르렁거리고
홍수 같은 소나기 밤새
퍼붓던 어느날 밤
그녀는, 하늬의 품속에서
무서운 이야길
고백했었다.
그리고 자길 죽여달라고
가슴 쥐어뜯으며
통곡했었다.

살아가기란 어려운 일인가,
눈을 뜨지 못한 짐승,
그렇다,
우리 주위엔 얼마나 많은

눈 뜨지 못한 짐승들이
사람탈을 쓰고
밀려가고 있는가.

허나 어찌할 건가
우리는 또 무언가.

문제는 끝나지 않는다,
저 여자만의 문제로
끝나는 건 아니다.
얼마나 많은 사람들이
핏속서 저러고 싶어
꿈틀거리고 있을 건가.

그렇다면
봇물을 막는 둑이여
너는 죄인.
한 생명을 독점하려는
소유욕이여
네가 죄인.

터놓아라. 강물.
제멋에 이리저리
흘러다니도록,
터놓아라, 강물.

하늬는 기다렸다.
두 남녀의,
그 목줄기에 솟았던
굵은 심줄의 가련함을
생각하면서 기다리고 있었다.

하늬는 하늘을 봤다
영원의 하늘,
내 것도,
네 것도 없이,
거기 영원의 하늘이
흘러가고 있었다.

하늬의 발밑엔,
꿈틀거리던
두마리의 버러지.

그렇다,
불쌍하달밖에 없었다
자기의 생 영위키 위해
삐걱삐걱 땀 흘리며
하루를 숨쉬던 허리.

내 것

네 것
없는 하늘 소리가
무한(無限)에서 와서
무한으로 흘러간다.

어디로 가는
바람인지, 수수잎을
흔들면서 한 무더기가
지나간다.

오, 아름다운 노을
저 노을을 볼 때
우리는 이 세상,
어떻게 미워할 수 있단 말인가,
오, 아름다운 하늘
저 노을을 볼 때 어떻게 이 세상,
서러워하지 않을 수 있단 말인가.

하늬는 기다리고 있었다,
바람같이 투명한 마음으로.
한 덩이의 하루살이떼가
원무(圓舞)하며 풀밭으로 쏟아진다,

목화밭과 수수밭 사잇길에서
그녀는 나타났다,

조기를 한 꾸러미 들고 있었다.

이쪽을 보았다
금강의 낙조(落照) 속에서
보았다.

불빛이 튀는 걸까
먼빛으로도 그건
탄력 있는 징그러움이었다.

웬일일까,
그녀는 돌아서서 뛰었다
조기 꾸러미를 논배미 던지며
달렸다.

살 맞은 뱀.
어디로 숨는 걸까,
무얼 보았단 말인가
절벽.
먹구름,
고향,
돌, 절벽.

그녀가 솔밭 사이로
사라져 보이지 않게 되었을 때

그는 뛰기 시작했다.

콩밭이 지나갔다,
황토흙, 뫼, 대추나무,
우물 바닥이 지나갔다,
척추 퍼붓는 땀의 비,
목화밭, 언덕,
소나무숲, 개울,

강이 보였다.
흰 물굽이,

언덕 위 바위,
바위의 싸늘한 감촉,

두 짝의 흰
고무신을 보았다.

물은 조용히 흘러가고 있었다,
하늘엔 이름 모를 새가
날고 있었다,

강 건너 언덕에선
황소가 풀을 뜯고.

제10장

가을이다.
하늘에는
흰 구름이 두 송이
열차 속 사귄 손님처럼
속삭이며 동쪽으로
흘러가고 있었다.

북한산 골짝
머루,
도토리, 다래,
개암,
열매 터지는 소리
버섯,
억새, 통통 여문 벌레 소리.

하늬는
가을 산을
헤매고 있었다.

허리엔
두켤레의 짚신
그리고 괴나리봇짐.

수건을 꺼내어
이마의 땀을 닦았다.
그런데 웬일일까.

여인,
단풍 물든 자작나무 가지를 헤치며
옷보자기 끼고
산속에 나타난 궁녀.

맑은 하늘 밑
물건 없는 산속을
수놓은
하늘거리는 짐승,

땅의 끝에서
땅의 끝으로
피란길 떠나는
행색이었을까.

지친 이마,
쏟아진 어깨,

하늬를 보고도
그녀는 놀라지 않았다.

때까치가
머리 위 울었다.
이 산에서
저 산으로 날리는
붉은 단풍잎은
날짐승인가,
전설(傳說)인가,

금빛 꾀꼬리가
한 쌍
영원의 공간 속을
횡단해가고 있었다.

두 사람은
가을을 열어놓은
산골짜기에서
한 발 한 발
다가갔다.

바위 붙들고
그녀가
멎어섰다.
한쪽 무릎 접으며
다소곳 앉았다.

산속에 핀
무지개.
향내가 골짝을 흔들었다.
눈빛이
바위 속 젖어들었다.

보랏빛 들국화
한 송일 꺾어들고
하늬는 다가갔다.
바위 위 놓여 있는
여인의 손 위
자기 손을 포개 얹었다.

다스운 살결,
여인의 마음은
높게 물결치고 있었을까.

윤기 짙은
검은 머리 위
굽어든 하늘.

하늬는 여인의
숱 많은 머릿다발 속에
보랏빛 들국활

꽂아주었다.

그녀는
눈을 감고 있었다.
입가엔
눈물처럼 스며 밴
미소.

얼마가 지났을까,
억겁(億劫)쯤 지났을까,

그녀는 눈을 떴다
미소.
발밑 억새꽃 한 모감
뽑아
공손히 두 팔 드려
남자에게 바쳤다.

하늬는
억새꽃을 받아
입에 물고,
여인의 손목 쥐며
얼굴 들여다보았다.

흘러가는 강물.

가까운 거리에서
원초스런 눈짓으로
일진, 일퇴,
속삭이고 있는
둘의 눈동자,

열려 있는 창문이었다.
자기들의
내실(內室)의
공간을
보여주고 있는
열려 있는 창문
둘이서, 시간을 거스르며
서정(抒情)을
두레박질하고 있었다.

사슴이 이따금 찾아와
입술 적시고 가는
숲 속의 호수,

열두개의 보석을
쪼개고 들어가면,
자리하고 있을
이슬 젖은 선녀의
안마당,

지나간 바람과
내일의 하늘이
사이좋게 드나들고 있을
투명한 하늘,

이야기가
소용없었다
촉촉이 젖은
둘의 입술,
가늘게 떨리면서
열렸단 멎고
열렸단 말 뿐,

손과 손
마음과 마음
역사와 역사는
얽혀 흐르면서
뼈 없이 녹아,
구석과 구석을 적시고
지상에서 천상을 향하여
피어오르는 안개처럼
해조(諧調)의 음악이 되어

무한한 공간을

흘러가고 있었다.


제11장

"궁에서
도망 나오는 길이에요
눈독 들이는 그 늙은이들의
입김이 싫어 못 배기겠어요.

추석이 지나니 고향 생각도 나고.
아버지 장사 지내러 왔었어요,
제 고향은 황해도 해주(海州).

경복궁 개축공사 부역일에
아버지가 끌려왔었어요,

육십 넘은 아버지.
등짐하다 바위 밑 깔려
객사하셨대요,

한강 가
제 손으로 묻어드렸어요.
돌아가는 길 어느 노파에 끌려
관으로 들어갔죠."

"우물 점이 있군요,
당신의 이마엔.
언제부터 그 하늘의 그늘
생겼는지 기억하세요?"

"말씀해주세요 선생님,
선생님 말씀해주세요,
제가
어디서 와서
어디로 가는가……

제 성이 도장 인(印) 자예요
이름은 진아."

"이상하군요, 어젯밤 나는
삼청동 객사집에 묵으면서
꿈을 꿨소.

나라 위 자욱이
안개가 덮여 있더군,
고구려성의 왕관을 주웠어요
휘황찬란한.

금강산에서 내려왔다는

흰말이 내 앞에 무릎 꿇더군.
그래 신발 대신 왕관을 신었는데
한쪽 발에 신을 신이 없어
걱정하다 잠을 깼소."

"저도 꿈을 꿨어요
백제 땅 금강이래요.

목욕하고 나오다
모래밭에서
사슴의 뿔을 얻었어요.

그 사슴의 뿔이 갑자기
용이 되어 하늘로 꿈틀거리며
오르더군요.

선생님, 저는 지금
도망가는 몸이에요.
고향도 안되고
어디 가면?"

"우스운 인연이군요
고구려의 밭,
백제의 씨,

우리들의
편안할 곳은 지금
아무 데도 없으오.
하늘과 땅,

눈먼 구더기떼처럼
땅에 엎디어 매질 받으며
이리 채이고 저리 채일 뿐
벙어리가 된
노예들의 땅.

그러나,
가십시다. 진아라고 했죠?
금강 언덕
초가삼간.

아직
차령산맥 남쪽에
서기(瑞氣)가……"


석양.
가랑잎 위에서, 둘의 알몸뚱이는
꽃뱀처럼 얽혀 빠알갛게 익어가고
있었다,

가을의,
바람과 햇빛과 산속의
정기(精氣)를 빨아들이면서, 둘의 피는
음악처럼 굽이쳐 흘러가고
있었다,

이때
설악산
양양골에선
해월이 양지밭에 앉아
짚신을 삼고 있었다.


제12장

독일, 원 극장에선
교향곡 「운명」을 연주하는
교향악단원의 손과 귀,
베토벤, 그는 1827년에 죽었던가,
그 음악은 이조 말의 반도 하늘에도
메아리쳐 오고 있었을까,

베트남 정글 속에선,
불란서 식민지 침략군 맞아 싸우는
원주민의 우렁찬 함성,

일본에선
이백년의 봉건 쇄국주의가
문을 깨치고
미일수호조약을 체결,
기름기 오른 군벌(軍閥) 자본가들이
요정에 앉아 공장을
설계하는 날,

경복궁에선
조대비(趙大妃)가, 중국 곤륜산서 따온
사슴 사향,
양지바른 대청마루 앉아
천산남로(天山南路) 거쳐온, 중국 상인과
흥정하고 있을 때.

1854년,
전봉준은
서해가 보이는 고부(古阜) 땅
두승산(斗升山) 기슭에서 태어났다.

대대로 내려오는
농민의 아들,
키는 절구통 같은 오척,
시원한 이마

맑고 두리두리한 눈동자가
벌어진 어깨 위에서 빛났다.

편안한 코,
우렁우렁한 음성은
듣는 사람의
살 속에 스몄다.

어려서부터
말이 없었는 편.

서당에서 책 끼고
돌아오는 길,
양지쪽 메운
동네 아이들의 맨발과
두 줄기 콧물 보면,

함께 뛰어들어
자치기, 연날리기,
말타기, 씨름을
이끌었다.

고욤나무,
대나무가 많은 마을,
병으로 십여년 누워 있던

어머니가 돌아가셨다.

농사일도 하고
서당 훈장일도 하는
아버지의 손에 이끌리어
이따금
어머니의 무덤을 찾았다.

추석날이면
국화,
칠석날이면
참외,

세월은 갔다.
철이 들수록
그는 말수가 더
적어갔다.

어느날,
삼례(參禮)장 갔다 오는 길
길가 주막집 들러
막걸리 두 대접 마시고
나오니 누군가 뒤를 따르고 있었다.

충청도, 동학 접주 서장옥(徐璋玉).

첫눈에 썩
뛰어난 그의 인품에
놀란 서장옥이,
부지런히 풋고추 고추장 찍어
입가심하고 뒤를 따라나섰다.

밀밭길 걸어오면서
열혈파 서장옥은 동학 얘기를 했다.
소매 속서 꺼내주는
필사본 동경대전에서
들기름 냄새가 풍겼다.

개화정변(開化政變)에 실패,
일본으로 망명한
김옥균(金玉均)이,
상투 깎고 어두운 마음
동경(東京) 은좌(銀座)거리를
걸어오고 있을 때,

1888년
전봉준은, 서장옥의 소개로
동학에 입도(入道)했다.

태백산 속
은신해 있던 해월이

보은(報恩)으로 나왔다.
나흘을 걸어 보은 땅
속리산 기슭 초가집에서
전봉준은 해월을 만났다.

수중(水中) 십만리
걸어온 사람의 얼굴이었을까,
가시밭길 삼만리
맨발로 걸어온 사람의
얼굴이었을까

나무뿌리같이 드러난,
뼈로 얽어놓은
육신,
그 속에서
하늘이 주었을까,
깊은 눈동자만, 조용히
세상을 뚫어보며
빛나고 있었다.

해월은,
1898년 6월 2일
서울 광희문(光熙門) 밖 형장 교수대에서
순교하던 일흔두살,
삼십사년간을, 탄압에 쫓기며

동학을 물고
전국 방방곡곡
농어촌 찾아
노동자를 조직,
포교했다.

상여꾼,
장돌뱅이,
거지,
엿장수
로 변장하고.

어느 여름
동학교도 서(徐)노인 집에서
저녁상을 받았다.

수저를 들으려니
안방에서 들려오는
베 짜는 소리,

　　　　"저건
　　　　무슨 소립니까?"

　　　　"제 며느리애가

베 짜는가봅니다."

"서선생,
며느리가 아닙니다.

그분이 바로
한울님이십니다.

어서 모셔다가
이 밥상에서
우리 함께 다순 저녁
들도록 하세요."

서노인이, 며느리 데리고 나와
상머리에 앉을 때까지
해월은 경문 외며 정좌하고 있었다.

다음날 아침
떠나는 해월을 전송하러
서노인 집안이 동구 밖
논길까지 나왔다,

막내아이가
따라나오며 우니
서노인은 눈을 부릅떠

위협, 쫓아보내려 했다,

해월은,
주인을 가로막아
어린이의 머리 쓰다듬으며
그 자리 흙바닥에
무릎 꿇었다,

그리고 서노인에게
말했다,

　　　"이 어린 분도
　　　한울님이세요,

　　　소중히 받드세요."

가는 곳마다,
내일 떠날지
오늘 밤 떠날지
알 수 없는 빈집,
쓰러진 외양간에 묵으면서도
일손을 멈추지 않았다.

짚신을 삼고
멍석을 짜고

노끈을 꼬고
구럭을 얽고
과수나무를 심고
채소씨를 뿌렸다.

할 일 없으면
꼬았던 노끈 풀어서
다시 비볐다.

제자가 물었다,

　　"선생님,
　　몇날 안 가 또
　　딴 데로 떠나셔야 할 텐데
　　그런 일 해
　　뭘 하시렵니까."

　　"안될 말,
　　한울님께서 사람을 내신 건
　　농사지으라고 내신 건데
　　농사짓지 아니하고
　　생산하지 아니하면
　　양반보다 나을 게 없지 아니한가,

　　그리고 우리가

혹 이 멍석 쓰지 못하고
이 채소와 과일 먹지 못하고
딴 데로 가게 된다 할지라도,

이 다음날 누군가가 이곳에
와, 멍석을 쓰고
채소와 과일을 따 먹게 될 게 아닌가?

모든 사람이 다 이렇게
한다면, 어디 가나 이 지상은
과일과 곡식,
꽃밭이 만발할 것이요
모든 농장은
모든 인류의 것,
모든 천지는 모든 백성의 것
될 게 아닌가."


## 제13장

쑥 냄새 풍기는,
해월 묵고 있는
초가집엔 하루에도
수십명씩,
멀린 황해도, 평안도에서까지

농사꾼 교도들이
괴나리봇짐 얽매고
드나들었다.

비록 굶주리고
헐벗은 행색들일망정,
눈동자마다에선 광채가 빛나고,
멀리서 온 동지들을 만나
서로 주먹 싸쥐며, 눈물로
반가워하고,

왕가의 기둥뿌리가 썩었음을,
세상은 말세임을,
양반이 각지에서 마지막 발악하고 있음을,
서울 장안, 부산 항군, 이미
왜국 상인, 왜국 간판(看板)에게 아랫배까지 내주기 시작했
음을
개탄했다.

한달을 묵으면서
각지의 농민 지도자들과 사귄
전봉준은 자기가
외롭지 않음을 깨달았다.

그리고, 합천 해인사

경주 토함산, 마산, 진주 촉석루
여수, 순천, 화엄사를 거쳐
고향에 돌아왔다.

고향에 돌아온
봉준은 그해 겨울
뜻 아니, 아끼던 아내의
죽음을 만났다.

동네 사람들 사이
전해 내려오는 이야기론,
봉준은 아내의 죽음을 두고
몇날 며칠
식음을 전폐했다.

황토현(黃土峴) 남쪽
양지바른 기슭,
가루 고운 흙 속에
자기 손으로 묻고
잔디를 입혔다.
밟으면서 울었다.

봄이면 꽃
여름이면 하늘
가을이면 귀뚜라미

겨울이면 추위

전봉준은 자주
아들의 손을 이끌고
아내의 무덤 앞 찾아와
말없이
몇시간씩
서 있다 가곤 했다.

그림이었으리라,

서해에 노을이 물든 석양,
그리고 달밤
동네 사람들은 언덕 위
어른과 소년
두 사람의 그림잘
자주 보았다.

그후, 봉준은
가끔, 두루마기 빨아 입고
서울을 다녀왔다.

밤길,
새벽길, 소맷자락으로 땀 씻으며
그의 집 드나드는

사람의 수도 많아갔다.

남원(南原) 사람 김개남(金開南),
그는 이미 열세살 때
세미 받으러 와
늙은 아버지께 행패하는
관속 두 사람
한아름에 몰아
수챗구멍 쑤셔박은 일로
곤장 백개 맞은, 그리고서도 웃으며 일어났다는
팔척 장사.

얼굴이 흰, 칠보(七寶) 사람
손화중(孫化中), 그는 임진왜란 때
전주성의 이조실록
내장산으로 묘향산으로 끌고 다니며
보전케 했던
손홍록(孫弘錄) 장군의 후손,
가녀린 미남으로
일찍부터 해월의 감화 받은
그러나 뛰어난 전략가였다.

그밖에
많은 호남지방
동학 접주들이 드나들기 시작했다.

다음해 여름
봉준은 두벌김 매놓고
서울을 다녀왔다.

서소문 밖, 객줏집에
두달을 묵으면서
인심,
세정(世情)을 살폈다.

같은 방 묵게 된
충청도 사람
신하늬와 의형제를 맺었다.

전봉준과 신하늬는, 마치
하늘이 마련해놓은
연분이기라도 한 것처럼
만나자 첫눈에
배포와 뜻이, 톱니바퀴처럼
맞아 들어갔다.

두살 위인 전봉준이 형
하늬가 아우,
그들은 해만 뜨면
거리 구경,

해만 지면 돌아와
등잔불 아래 엎뎌
세상 얘기로
밤을 새웠다.

남별궁(南別宮),
지금 반도호텔이 서 있는 자리엔
그때 남별궁이 있었다,
외국에서 오는 사신들의 숙소.

이미
남별궁 근처, 일본인들의
전횡 무대,
언제 보아도
게다 신은
닷도상 옆에
수십명의 갓 쓴
벼슬아치
장사치들이 올망졸망
모여 서서
손을 비비는
광경.

자본,
대포

를 앞세운
메이지(明治)의 진출 앞에

벌써 냄새
잘 맡는
사대(事大)가
빌붙기 시작한 걸까,

청나라에 주었던
남한산성을
이젠
사무라이에게 주고 싶어
저리 간사
떨고 있는 걸까,

예나 이제나
식민지하의
관리들이 배우는 건
오직 하나
아첨과 비겁,

1882년
임오군란이 일어나자
왕실에서는 조심조심
청에 원병(援兵)을 청했던 것.

청국은 원세개(袁世凱)를 서울에 주둔시켰다,
일천명의 군대와 함께.

금은,
아편,
비단,

그리고 상전국으로서의
권력을 함께 가지고 온
그들의 주변에는
정치 장사꾼
여자,
소매 상인,

주둔군은
한가지 한가지
사기 시작했다,

곶감, 대추, 명태, 돼지,
여자, 집, 명동(明洞) 일대의 대지(垈地),
그리고 비단에 약한
조선 사람들의
마음까지를,

그래서 명동

금싸라기 땅은
지금까지도 그의
아들의 소유,

그런데 또 일본이 왔다.

이조 말의
반도는 흡사
접시 위 올라앉은
벌거벗은 생선,

멀리는 불란서, 미국, 영국,
러시아,
가까이는 중국과 일본,

마치 그들은
내기나 하려는 듯,
네가 두발짝
나는 세발짝
나는 세발짝
너는 여섯발짝

접시 위 생선을 두고
한 발 한 발
접근해오고 있었다.

청국의 왕실과
이왕가의 왕실 사이엔
주종(主從)의 관계 맺었다지만
양쪽 다
왕실의 지붕은 이미
무너지며 있었고

그래서
무너지는 옷을 벗고
실권자인 군부가
주인이 되어 반도를
호령하려 한 것,

이천만의 농민이
제주에서 두만까지 사이
뜨물처럼 엎디어
땅을 갈고,

이천만의 농민이
엎디어, 이루어놓은
육체의
산더미 위

왕권은 대초롱을

깊이, 깊이 박고
김대감,
박정승,
아전,
이속들과
힘을 모아

이천만 농민의
피를
빨아먹고 있었다.

이성계(李成桂)가 파놓은 우물,
그리고 대대로 전승되는
그 살기름의 우물 터는,

대대로 모든 지식분자들의
아귀다툼의 마지막 겨냥,
출세의 최종 목표,

흙냄새 섞인,
기름이 스며나오는
우물의 흡구(吸口)에
누구든 한번
코를 박아본 사람이면
간(肝)도

눈도 미쳐서

세상없는 놈이 와,
뒷덜미 도끼로 찍어도,
목이 잘리고도
혼만은 살아서
홉구 근처 떠나지 못하고
추억이 되어 빙빙
남아 돈다.

고시공부 한다는 건
출세하기 위한 것,

출세한다는 건
피 빨아먹는 자리,
놀고먹는 자리,
백성의 피기름 솟는
홉구 자리 하나
차지한다는 것,

피라미드처럼
정상을 향해
벼슬길로
기어오른다,

형제의 등을 밟고
친구의 목을 부러뜨리고
제 자신의 낯짝도
쥐어뜯어가며

벼슬 높은
정상으로
정상으로,

여기저기
나 있는
달 표면의
분화구 자국 같은
흡구 곁으로
기어올랐다.

오늘,
얼마나 달라졌는가.

변한 것은 무엇인가
사대문 안팎, 머리 조아리며
늘어섰던 한옥 대신
그 자리 헐리고 지금은
십이 층 이십 층의 빌딩
서 있다는 것,

진고개에 청계천, 이쪽저쪽
우왕좌왕하고 있는 사람들의
옷맵시가, 갓에서 넥타이로
변모했다는 것밖에,

무엇이 달라졌는가,
지금도 우물 터
피기름 샘솟는
중앙 도시는 살찌고
농촌은 누우렇게 시들어가고 있다

우리들의
움직이는 발
한 발자국

움직이는 손
한 팔짓이

누구의 등을 안 파고
견딜 수 있단 말인가.

잡초만 무성하는
악(惡)의 밭,
유린과 착취가

무한대로 자유로운
버려진 땅,

불성실한 시대에 살면서
우리들은,
비지 먹은 돼지처럼
눈은 반쯤 감고, 오늘을
맹물 속에서 떠 산다.

도둑질
약탈, 정권만능
노동착취,
부정이 분수없이 자유로운
버려진 시대

반도의
등을 덮은 철조망
논밭 위 심어놓은 타국의 기지.

그걸 보고도
우리들은, 꿀 먹은 벙어리
눈은 반쯤 감고, 월급의
행복에 젖어
하루를
산다.

그날
하늬와 봉준이 본
이왕가의 내면도
그러한 것이었을까.


제14장

1892년,
해월은 전국 교도에게
호소문을 보냈다.

11월 1일
매서운 북풍 속서
호남평야 삼례역
삼천 군중이 모였다.

제1차 신원시위운동.
보리밭 속서
충청, 전라, 양 관찰사에게
호소문을 보냈다.

　　　"동학을 허하여주옵서.
　　　지금 각 지방에서는 군수로부터

서리 군교, 간사한 토호(土豪) 양반에
이르기까지 아침저녁으로
우리 죄 없는 농민들의 가산
탈취하며, 살상 구타 능욕을
일삼고 있으니,

이는 오직 정부가 우리 동학을
사학시(邪學視)하여 제1세 교주 수운선생을
참수한 데에 비롯되나니
억울하게 순교한 수운선생의
원을 이제라도 풀어주옵소서.

우리의 도(道)가 척양척왜(斥洋斥倭), 광제창생(廣
濟蒼生), 보국안민(保國安民),
사인여천(事人如天)일진대 이 어찌 사도(邪道)가 되
옵니까."

닷새 만에
전라관찰사 이경직(李耕稙)의
깃 달린 편지를 받았다,

"동학은 왕실이 금하는 바라.
어리석은 농민들이여, 칼로 베이기 전에
어서 각자 집으로 돌아가 정학(正學)을
취하라.

앞으로 관리들에겐
푼전도 뜯어가지
못하게 이르겠노니."

동이나 서나 세리(稅吏)들의 입은
열두개, 적당한 기회에 적당한 말을
적당히 지껄여놓고 잊어버린다.

삼천의 군중은
보은, 동학 총본부를 거쳐
서울로 모였다.

광화문 앞 광장
삼천의 군중이
바둑판처럼
땅을 짚고
엎디어 있었다.

1893년 2월 초순
제2차 농민 평화시위운동.

입에 물 한모금 못 넘긴
사흘 낮과 밤
통곡과 기도로 담 너머 기다려봐도

왕의 회답은 없었다.

마흔아홉명이 추위와
허기와 분통으로 쓰러졌다.
그러는 사흘 동안에도
쉬지 않고
눈은 내리고 있었다.

금강변의 범바위 밑
꺽쇠네 초가지붕 위에도
삼수갑산(三水甲山) 양달진 골짝에도, 그리고
서울 장안 광화문 네거리
탄원시위운동 하는 동학농민들의
등 위에도,
쇠뭉치 같은 함박눈이
하늘 깊숙부터 수없이
비칠거리며 내려오고 있었다.

그날, 아테네 반도
아니면 지중해 한가운데
먹 같은 수면에도 눈은
내리고 있었을까.

모스끄바, 그렇지
제정(帝政)과 혁명의 소용돌이 속에

뿌슈킨
똘스또이
도스또옙스끼,
인간정신사(人間精神史)의 하늘에
황홀한 수를 놓던 거인들의
뜨락에도 눈은 오고 있었을까.

그리고
차이꼽스끼, 그렇다
이날 그는 눈을 맞으며
뻬쩨르부르그 교외 백화(白樺)나무숲
오버 깃 세워 걷고 있었을까.

그날 하늘을 깨고
들려온 우주의 소리, 「비창(悲愴)」
그건 지상의 표정이었을까,
그는 그해 죽었다.

시간은 쉬지 않고 흘러갔다
그리고 짐승들의 염통도 쉬지 않고
꿈틀거리고 있었다.

북한산, 백운대(白雲臺)에서
정릉으로 내려오는 능선길
성문 옆에선,

굶주리다 죽어가는 식구들
삶아 먹이려고, 쥐새끼 찾아 나온
사람 하나가,
눈 쌓인 절벽 속을
굴러떨어지고 있었다.

그날 밤,
수유리 골짝 먹는
멧돼지 두마리가, 그
남루한 옷 속서
발을 찢고 있었지.

산은 푸르다,
말없이 푸르기만 하다.
오늘도 일요일이면, 낯선 사람들과
수통의 물 나누며 오르는
보현봉(普賢峰),
반도에 눈이 내리던 그날에도
말없이 서울 장안을
굽어보고만 있었다.

광화문이 열렸다,
사흘 동안 굳게 닫혔던
문이 열렸다,
군중들은 일제히 고개를 들었다.

문은 금세 닫혔다,
들어간 사람도, 나온 사람도 없었다,
그러면 그사이
쥐새끼가 지나갔단 말인가, 아니야,
바람이었다, 거센 바람이
굳게 닫힌 광화문의 빗장을
부러뜨리고 밀어제껴버린 것이다.
그 문의 빗장은 이미
썩어 있었다.

모든 고개는 다시 더 제껴져
하늘을 봤다,
그 무수의 눈동자들은 다시 내려와
서로의 눈동자를 봤다,
눈동자.
주림과 추위와 분노에 지친
사람들의 눈동자,

단식하는 사람들의
눈동자는 맑다,
서로 마주쳐 천상(天上)에서 불타는
두 쌍, 천 쌍, 억만 쌍의
맑은 눈동자.

바둑판의 중앙에서
장대 같은 사나이가 일어섰다,
그의 어깨에도
괴나리봇짐이 메어져 있었다,
군중의 등불 같은 눈동자들이
집중했다, 장두 박광호(朴光浩),

"우리는 사흘을 기다렸다,
많은 동지들이 쓰러졌다,
죽음은 우리 앞에 있다,
회답이 없다,
우린 파리 새끼만 못한 목숨인가?

백성의 강산이다, 우리 조선은,
광화문은, 왜 우리 어질고
착한 백성의 발길을 막는가."

군중은 일어섰다.
주먹을 싸잡으며 하늘을
우러렀다,
벌판에서 솟구치는 무수한 미루나무숲.

박광호는
두 팔을 활짝 벌려
손짓했다.

"앉아주시오, 그리고
열 사람만 나와주시오
역적이 되고 싶은,
아직 기운이 남아 있는
열 사람만 나와주시오,

문을 흔듭시다,
주먹으로 두드려봅시다."

농민들은 다 일어섰다,
열 사람이 뽑혔다,
군중과 광화문과의 사이엔
공간이 있었다,
그 공간 속을, 열한 사람의
대표는 허기진 기색도 없이
뚜벅뚜벅 걸어가고 있었다.

벽은 죽음이었다,
문은 죽음이었다,
죽음의 나락을 향해
다가가고 있었다.

가슴뿐이었다.
불덩이 같은 가슴,

가슴은 터지리라,

문이다,
고리다,

열하나의 가슴이
최후를 밀듯
죽음을 밀었다.

열하나의 육신이, 미끄러
쓰러지면서 스물두개의
주먹으로 문을 두드렸다.

이미 끝난 일이다,
노란 천지를 상대로, 끝없이
두드렸다, 이미 끝난 일이다,
머리로 받았다,
이미 끝난 일이다.

싱겁다,
허사였다, 기다렸던
벌도 없었다.
그길로 교도들은
보은 속리산을 향했다.

이왕실은 치마꼬리가
삭아서 흘러내리고 있었다,
겨드랑 밑으로 다시
추켜올리면 될 것 같았지만
추키려 해도 추키려 해도
붙어 있을 까닭이 없었다,
아무릴 단도 깃도 허리끈도
다 삭아서, 빌빌하는걸,

늙고 메마르고 멍들고
삭정이만 남은 앙상한
허리 아래가 드러났다.

이제 엉덩뼈가, 그 못생긴
한쪽 엉덩짝이 나타나리라.

해월이 대도소(大都所)에 나타나는
3월 열하루, 보은 땅에는
십여만명의 농민이 모여들었다.
제3차 무저항 농민시위운동,

밥 짓는 연기,
막사 짓는 소리,
기도하는 소리,
발과 발,

무엇을 보았는가,
이조 오백년, 억울하게만
살아온 농민들이
처음으로 자기 주먹을 보았는가, 이제야
자기의 얼굴
자기의 가슴을 보았는가.

어느새, 누가
달았는가, 여기저기
깃발이 나부꼈다,

　　　　"양민을 학살하지 말라"

　　　　"물리치자 폭정
　　　　구제하자 백성"

　　　　"몰아내자 왜놈
　　　　몰아내자 양놈
　　　　몰아내자 모든 외세"

　　　　"백성은 한울님이니라"

　　　　"일어나라 백성들이여
　　　　물리치자 관의 횡포"

급보에 접한, 조정
양반배들은
선유사 어윤중(魚允中),
보은군수 이규백(李圭白),
충청병사 홍계훈(洪啓薰),
그리고 그의 휘하
일천명의 군대를
보은 땅 보내
해산하라고 위협,

지도자들과
사흘을 숙의한 해월은
4월 초닷새
자진해산령을
내렸다.


제15장

날이 갈수록
세상인심은
스산했다.

노른자와 흰자가

암탉 품속에서
스무하루를 지내면
병아리가 되어
껍질을 깨고
귀염 떨며 나온다.

한갓, 노른자와 흰자이던
액체가 자기 생명을 의식하고
다습게 조직하며,
기구(祈求)하며,
내일을 주장하기 시작했을 때
달걀 속의 세상은
평화가 깨지고
불안 초조해진다.

내부의
살의
성장(成長)에
밀려나
깨어지는 달걀껍질은
내부의
병아리 새낄
저주하리라,
반역자,라고.

자각된 농민들의
성장으로
달걀껍질은
균열되기 시작한 걸까.

어찌 됐거나
세상인심은
날이 갈수록
수런거렸다.

눈녹이 바람
이 마을 저 마을
들썩여놓고 다닐 때,
얼어붙었던
대지의 껍질도
나무의 껍질도
우리의 피부나
마음의 껍질도
싱숭생숭해지듯,

봉건사회의
마음은
걷잡을 수 없이
동요되기 시작했다.

대구 팔공산에선
이름 모를 새들이 나타나
한달 동안
하늘의 해와 달을 가리고
싸웠다,

이상한 울음 우는
칼새가 나타나
양쪽 새 다 죽이고 판가름 냈다,
땅에 떨어지는
새의 시체가
소나기 같았다,

이상한 소문은
꼬리를 이었다.

오대산 속에선
소나무에 꽃이 피었다,

평안도 용강(龍岡)
우물 속에선
용대가리 같은
깜정 꽃줄기가 두개,
관리나 양반이 가면
종적도 없어지고.

수덕사(修德寺)에선
겨울인데
복숭아꽃이 만발했다,

6월 초열흘날 밤에
불비가 오리라,
그 불비를 피할 수 있는 사람은
흙에 발붙인 사람과
손에 흙 묻힌 사람뿐이리라,

무주 구천동에서
오백명의 신출귀몰하는
군사가 훈련 중이다,
석달 열흘의 불가뭄이 지나면
그 군사들이 나와
세상을 뒤집어엎고
편안한 새 세상 오게 하리라,

가는 곳마다
정자나무 밑 모여 앉아
농민들은 긴 한숨 쉬었다,
　　에이 쌍,
　　하늘과 땅
　　맷돌질이나 해라!

1893년 11월
전주 익산 등지에서, 또
농민반란이 일어났다

고부에서도 일어났다,
허리띠 조른
삽과 지게의 행렬, 3년
부녀자까지 동원된
부역의 열매
북면 만석 저수지와
팔왕리 저수지,

가을이 되니
고부군수 조병갑(趙秉甲)은
농민들에게 또 저수지 수세(水稅)를 배당했다,
한마지기당
쌀 서말,

엎친 자리 덮쳤다
호남 전운사 조필영(趙弼永),
호남지방 납세미(納稅米)를
배 태워 보냈는데
서울 가서 되어보니
오천석이 모자란다,

미안하지만 다시 징수하겠노라
고, 이속 앞세워
마을 뒤지고 다녔다.

익산면에선
영수증 없는 삼천팔백석의 세미 거둬
저희끼리 나눠 먹고
다시 고지서를 내돌렸다,
곤장질, 단근질, 주리틀기로
난리 피우며.

오지영(吳知永)을 선두로
삼천명의 농민이
익산 관아에 모여
시위했다.

고부군에선
전창혁(全彰爀)을 필두로
오천명의 농민이
관아에 쇄도하여
시위했다.

조대비의 심복
고부군수 조병갑은,
소원 들어줄 테니 전체가 해산하고

대표자 세 사람만 나와
협상하자고 제의했다.

나이 많은 세 사람이
자원하여 동헌 마당으로 들어갔다.
전봉준의 아버지 전창혁
김도삼(金道三), 정일서(鄭一瑞).

희끗
희끗
눈발 날리는
동헌 바깥마당,
수천 농민은
쇠스랑
삽, 끄을며
집으로 돌아가
하룻밤을 기다렸다.

이틀째도
눈은 날리고
아이들은 보채고
된장은 끓는데
소식은 없었다.

그사이,

조병갑은 세 농민을
전주로 압송했다
전라감사 김문현(金文鉉)께,
민란의 장본인을 보내오니
엄치해달라는 편지와 함께.

전라감사 김문현은
세 농민대표를
형틀에 올려 반죽음시킨 뒤
고부로 되돌려보냈다.

조병갑은 이미 반죽음된
세 사람을 다시
새 형틀 위 묶어놓고, 밤새도록
불로 지지고 주리를 틀었다.

그날 새벽
매에 못 견뎌
급기야 전창혁이 죽었다.

눈은 닷새째나
산과 들을 덮었다,
날리다 멎고
멎었단 다시
펑펑 쏟아졌다.

눈벌판을
소요하는
된장찌개
동김치 냄새,

마을은
쥐 죽은 듯
삼엄했다,
웃음소리 하나, 거리
한가하게 나다니는
그림자 하나
찾아볼 수 없었다.

강아지도,
수챗구멍으로
얼굴을 조금 내놓았다간
이내 사라졌다.

다듬이 소리,
어린애 우는 소리,
글 읽는 소리 하나
들리지 않았다.

전갈을 듣고

녹두는 관아로 갔다,
아버지의 시체는 거적자리에 싸여
창고 옆 버려져 있었다.

봉준은,
눈물 한 방울
말 한마디
얼굴색 하나,
까딱
없이,

뚜벅뚜벅,
그 두꺼운 손으로
아버지 전창혁의
늘어진 육체를
업었다.

업고 문밖에 나오니
사십여명의 젊은이들이
기다리고 있다가 말없이
뒤를 따랐다.

그들은 눈길
두승산으로 가
언 땅을 파고

전창혁을 묻었다.

끝난 것일까,
봉준의 얼굴은
전날보다 더
너그럽고
편안해 보였다.

십여일 후, 고부에는
왕명 받은 안핵사 이용태(李容泰)
역졸 팔백명 달고 나타나,
고을을 뒤집기 시작했다,
남자들은 닥치는 대로 때려잡아
고기 엮듯 엮어
옥에 가두고
부녀자는 총칼로 겁탈하고.

집엔 불을 질렀다.

봉준은,
후취 부인과 아들, 딸
사랑방으로 불러놓고
조용히
마주 정좌했다,

남매의 머릴
쓰다듬었다,

"얼마 동안 태인 친정집
가 있어주오,

석이놈, 곶감을 좋아하는데
너무 먹어서
배탈이랑 나지 않게,

간간이 글공부시키고
분이랑 잘 키워주오.

무슨 일 혹 있더라도
너무 놀라지 말며,
경우 봐서
애들 데리고
해남 땅으로 가
변성명시켜

때 기다리도록 하오."

봉준은 아들
석이의 이마, 눈
딸 분이의 코, 입술을

번갈아 보았다.

까만
딸기 같은 촉촉한 눈동자
총기 있는, 그러나
철없는 눈동자.

밖에선
눈보라가 날리고
문풍지가
심란스럽게 울었다.

며칠 뒤
봉준은
먼빛으로 보았다,
불에 싸인
자기 집.

그리고, 밤하늘
아름답게 수놓으며
불타는 자기 마을과
이웃 마을들.

제16장

　　“세상의
　　어지러움은, 그 까닭이
　　외부에만 있는 거, 아닙니다,
　　손짓 발짓은 흘러가는 물거품,
　　우리의 내부가 더 문제입니다,
　　알맹이가,
　　속살이,
　　씨알이 싱싱하면
　　신진대사에 의해
　　외형은 변질됩니다,

　　외부로부터
　　다스려 들어오려 하지 말고
　　우리들의 내부에
　　불을 지릅시다.”

태인 최경선(崔慶善) 집의 사랑채,
충청도서 달려온
하늬의 말이었다,
봉준은 고개를 저었다,

　　“요원한 이야기요,
　　물론 옳은 생각이긴 하지만,

석가 죽은 지 이미 삼천년
노자 죽은 지 이미 이천수백년

그분들은 하늘을 보았지만
그분들만 보았을 뿐

삼십억의 창생은
아직도 하늘을 보지 못한 게 아니오?
아직도 구제되지 못한 게 아니오?

동학은
현실개조의 종교요.
자기혁명, 국가혁명, 인류혁명,
이게 바로 동학의
삼단계 혁명 아니오?

지금은 그래도, 기껏
지방관리들이나 양반 토호들
부패, 행패, 횡포로 끝나지만
이대로 더 둬보오,
십년도 못 가서
강산은, 일본 아니면
청국 아니면 어딘가의
밥이 될 게요,

99의 인민을
구제하기 위하여
1의 악은
제거돼야 할 줄 아오.

좌시하면
99가 40 되고
40이 15가 되어
어느덧 우리의 자리는
악과 어둠의 세력에 의해
지워져버리오."

"알겠습니다,
봉준형의 뜻.
제가 염려한 건 바로 그 문제입니다,
분풀이나
폭동은
무고한 희생만 남길 뿐이라는 말입니다,

이왕
일어서려는 의지
굳게 하셨으면
하늘 끝까지,
벽을 찢고

하늘 끝까지,

전쟁을 넘어서서
사회혁명으로 이끌자는
말씀이었습니다.

우리가 봉기하면
국내문제로 끝나는 게 아닙니다,
외세,
그들의 벽과 부딪치게 될지 모릅니다,

각오하셔야
됩니다, 외국의
조직된 신식 군대와
성능 좋은 대량 학살 무기,

구라파에서는
산업혁명 뒤,
신흥자본주의 국가로의
꿈을 안고 껑충껑충
도약운동 하고 있습니다.

제국주의 전쟁,
식민주의 전쟁
들을 준비하고 있습니다.

그들이 구워낸 새로운
살인무기를, 일본이나
청국은 사들여오고 있습니다.

각오하셔야 됩니다.
이왕 피를 보아야 된다면
책임도 지셔야 됩니다,
백성들만의 지상낙원,
손에 흙 묻혀 일하는 사람들만의
꽃밭.

정권 없는,
통치자 없는,
정부 없는
농민들만의 세상, 이상(理想)사회,
우리들 손으로 이룩할
책임,
우리가 업어야 합니다."

질화로에선
새로 담아온 불이
이글거렸다,
봉준은 눈을 감고
있었다, 심호흡을 했다

두번, 세번,
다섯번,
하복부에서
중부로
가슴까지
점점 넘칠 듯이
부풀어 올라왔다.
눈을 떴다.

두리두리한 눈,
그리고 서서히
손을
내밀었다.

하늬도
봉준의 눈을
들여다보면서
조용히
손을
내밀었다.

네개의 손이
마주 얽혀
다습게 감격하고 있었다.

봉준의 눈은
어느덧 감겨졌고
두 줄기의
물방울,
콧잔등의 기슭을 타며
흘러내리고
있었다.


제17장

그로부터 한달 후,
1894년 3월 21일.
전봉준이 영솔하는
오천 농민이
동학농민혁명의 깃발
높이 나부끼며
고부군청 향해 진격했다.

머리마다 휘날리는
노랑 수건,
질서정연한
대열, 여기저기
높이 펄럭이는
깃발,

"물리치자 학정
구제하자 백성"

"몰아내자 왜놈
몰아내자 뙤놈
몰아내자 모든 외세"

"백성은 한울님이니라"

"일어나라, 세상 모든 농민들이여
굴레를 벗어라"

언제
끝날지 모르는
농민혁명의 서곡은
반도에 그 첫 보습을
댔다.

엽총,
화승총,
장도칼,
쇠스랑,
괭이,
낫,

호미,
죽창,

울돌목,
성난 밀물처럼,
관아를 향해
달려 들어갔다,
울돌목, 그렇다, 목포에서 배 타고
제주 가본 사람은 알리라
쏜살처럼 달리는 그
성난 밀물,

하늘에서는 까마귀떼
참새떼 까치떼도 신바람이 났음일까,
날개를 가슴 끝 휘저으며
동학군의 머리 위, 설레발쳐
따랐다,

집집마다에서
쏟아져나온 강아지, 바둑이,
부얼이, 삽사리까지도, 웬일인지
짖지도 않고
농민군의 앞 내지르며
신나게 뛰었다,

닭들은, 높은 짚등우리
콩깍지 위 올라서서
고개를 갸웃거리고,

병석에
누워 있던
부황 든 노인네들도
지겟작대기 끄을며
버선발로 뛰어나와
행렬의 뒤를
넘어지며
따랐다,

집이 불태위고
아버지 빼앗긴
열두살짜리 소년들,
그리고, 남편 잃은 머리가 수세미 된
부인들까지도
돌멩이 두개씩 안고
달렸다,

무엇을 보았단 말인가
얻어맞았단 말인가
깨어졌단 말인가

깨진 항아리 속에서
무엇을 보았단 말인가
휘장을 찢고 무엇을 보았단 말인가

맑은 강물을 보았단 말인가
안창에서 흐르고 있는
붉은 강물을 보았단 말인가

살 속 숨쉬고 있는
하늘을 보았단 말인가
정신 깨치고 흐르는 하늘을 보았단 말인가

생명을 보았단 말인가
광란에 마비돼가던 혈관이
사관침으로 소생하기 시작했단 말인가

하늘을 보았단 말인가
피의 노랠 들었단 말인가
쇠옷을 긁어내고
다스운 피를 만졌단 말인가,

그들은 벌써
관아를 향해 뛰고 있는 발이
아니었다.

신들린 사람처럼
힘이 전신에 솟구쳐
견딜 수 없어, 그저 달리고 있었다

그건 기막힌 하나의
슬픔이었을까

수백년의 누더기 속서 풀려나와
고삐를 스스로 끊고
뛰고 있었다

이유 없이 얽매이었던
수십대의 고삐를 끊고
뛰고 있었다

하늘을 본 것이리라
자기 가슴속의 피를
만져보고 놀란 것이리라

자기의 하늘을 보고
놀란 것이리라.

관아는 텅 비어 있었다,
조병갑은 어젯밤 벌써
전주로 도망갔고

이속들도 쥐구멍 속 다
숨었다,

옥을 부쉈다,
뼈만 남은 농민들이 기어나와
관아에 불을 질렀다,

창고를 부쉈다
석류알 같은 삼천석의
쌀이 썩고 있었다,

무기고를 부쉈다
열한 자루의 일본도
스물두 자루의 양총(洋銃)
육백발의 탄환이 나왔다,

동학군은
대오를 정돈했다
인원을 점검하니 삼천이 늘어서 팔천명,
전봉준을 둘러싼
수뇌진에서는
동학농민당 선언문을 작성하여
각 고을에 붙였다,

　　　　"전략(前略) ─ 오늘의 고관들은 나라를 생각지

않고 녹위(祿位)를 도둑질하며 아첨을 일삼아,
충고하는 선비를 간신이라 배척하고 정직한
사람을 비도(匪徒)라 트집 잡아 안으로 나라 생각하는
인재가 없고 밖으로 학정의 관(官)만 늘어가니
인심은 갈수록 변하여 들어앉아도 편안한 날이
없고 나가도 보신(保身)의 길이 없도다,

중앙의 벼슬아치나 지방의 벼슬아치에 이르기까지
민족의 위태는 생각지 않고 내 몸 내 집을
살찌게 할 계략에만 눈이 어두워
벼슬 뽑는 길은 축재(蓄財)하는 길로 되고
과거(科擧) 보는 마당은 물물거래하는 시장이 되며,
허다한 세금은 국고에 들어가지 않고
도리어 개인 금고에 충당되며, 사치와
음란이 두려운 줄을 모르니 팔도는
고기밥이 되고 만민은 도탄에 빠져 있다,

백성은 나라의 근본이요 근본이 허약하면
나라가 쇠약해지는 법이라,
보국안민을 생각지 아니하고 사병(私兵)을 두어
오직 혼자 잘살기만 도모하고 녹위를
도둑질하니 어찌 그럴 수 있으랴,

우리 일당은 비록 초야의 농민이나
나라의 땅으로 먹고살고 나라의 옷을

입고 사는지라, 나라의 위망(危亡)을 좌시할 수
없어 팔도가 마음을 함께하고
억조(億兆)가 의논을 거듭하여 이제 의로운
깃발 들고 보공(報公)과 안민(安民)을 목숨 걸고
맹세하노니, 오늘의 이 광경이 비록
놀라운 일이라 하나 결코 두려워하지 말고
각자 생업에 안온하여, 함께 강산의 태평세월
을 축하하며 다 함께 성스런 혜택 누리게 되면
천만다행으로 아노라,

1894년 3월 21일
동학농민혁명본부"

울 밑,
각시풀, 닭 꽁지
바람에 날리고
나물 캐는 처녀들 다홍치마 속
심술스런 봄바람 부풀 때

태백,
두메산골,
양지쪽 움 돋는 산나물 눈
보고
암사슴 마음은
미쳤다.

두승산에서
황토현 이르는 언덕
수놓은
화창한 진달래,

그날
강산을 채웠으리라,
하늘
을 비치는
투명한
꽃잎.

고부성에는
최경선 인솔하는 팔백명 남겨두고
농민군 주력부대는
백산(白山)읍 향해 진격했다,
서울 갈 세미
수십만석이
쌓여 있는 항구,

농민군이 이르기 전
백산에서는 백여명의 관병들이
환영 깃발 들고 십리 밖까지 나와
농민군을 영접했다,
꽃다발 쏟아지는

무혈입성.

바닷가에 진을 치고
작전계획,
부대편성,
인원점호 했다,
전녹두, 김개남, 손화중, 김남지,
신하늬, 그리고
일만삼천명,

용서……,
이 뒤,
전주성 입성까지의
상세한 영웅적인 전투 이야긴
다 기록할 수도 없지만
생략하는 게 좋을 것 같다

다만,
며칠 뒤, 오늘 갑오동학혁명기념탑 서 있는
황토현, 잔솔밭 언덕에서,
대포 2문까지 끌고 온 전주 관군 삼천명이
농민군의 대창과 쇠스랑에 전멸되고, 더러는 투항하고
칠팔십명만 살아 돌아갔다는 이야기,

서울에서 보낸 홍계훈 휘하의 왕병 이천명이

대포 8문 끌고 군산항 상륙하여 뒤쫓아왔지만
농민군의 의기와 전략에 지리멸렬
재티처럼 흩날렸다는 이야기,

전라 땅 곳곳에서 농민들, 말단관리들이 벌떼같이
일어나 관아를 점령하고 농민군 주력부대에
합세하여와, 한달 후 전주성에 무혈입성할 때엔
농민군의 총수 십이만명이 되더라는 이야기,

그리고, 여기
처참한 황토현 싸움이 끝난 다음날
동학군이 각 고을에 내붙인
선언문 한 토막만 부기한다,

　　　　"관병과의 접전에서 허다한 인명이
　　　　손상됨은 심히 유감된 일이다,

　　　　우리는 조금도 나라와 인명을 해코자 함이 아니노라,
　　　　나라와 인민을 가난과 시달림에서 구출하고
　　　　이 강토에 만민의 평등과 생존의 권리를
　　　　실현시키고자 함이 그 목적이라,

　　　　안으로는 탐학하는 관리들을 베고 나라 밖으로는
　　　　횡포한 강적의 무리를 쫓고자 함이니
　　　　관군일지라도 병졸은 물론이요 지휘관에 이르기

까지
우리 의기(義旗) 아래 귀순하는 자에게는
조금도 해가 없을 것인즉,
안심하고 우리 백성의 의거에 동심 협력하라
동학농민혁명군본부"


제18장


미움의 난간을 끼고
조심조심
열두 굽이 돌아도
연민은 끝나지 않는다,

백권 천권의 책을 뒤져도
우리들의 문제는 끝나지 않는다,

헤매도, 헤쳐도,
두들겨도, 찢어도,
그래도 남는다,

연민,

누가 누구를 구제할 수 있단 말인가
막막한 수렁 속에 돋아난 버러지,

버러지의 기다림이
불쌍하게만 여겨짐이여,

사랑은 끝나도
연민은 남는다,

미움은 끝나도
연민은 남는다,

속리산 문장대 위 올라
은실 같은 낙동강 줄기 보았는가,

지리산 노고단에 올라보았는가
노고단 상상봉에서 활개 펴고
그 꽃밭
그 하늘 보았는가,

금강산 비로봉
밤하늘의, 사발덩이 같은 물먹은 별
마셔보았는가
그 밤하늘 마셔보았는가,

백두의 천지(天池) 가에 서본 일이 있는가
전신이 터지게
호수 건너편 벽 향해

소리쳐본 일이 있는가,

한라, 그렇다
한라도 백록담
시로미밭을 밟고 서서
보았는가,
천공(天空),
천공,

하늘,
하늘 흘러가는
하늘 소리를 들었는가,

보이지 않은
하늘 너머,

하늘 너머
그 멀리 흘러다니는
하늘 소리를 들어보았는가,

빛보다 빠른
시간보다 빠른
초시간(超時間)을 짚어보았는가,

하늘땅보다 깊은

공간보다 깊은
초공간(超空間)을 짚어보았는가,

시공의 흐름을 거슬러
공간의 흐름을 거슬러,

자유자재로
시공 위 좌정해본 적이 있는가

그래서, 보았는가
무엇을, 너는,

없음이어라
없음이어라

없었노라. 바람이었노라
지나가는 음영(陰影)이었노라,
없음이어라. 없음이어라

그러나 어찌하랴
그래도 여전히
남는 건
연민임을,

아파, 괴로워하는

이 시간의 살덩이만이
불쌍할 뿐이어라,

지금, 이 시간
어디선가
찡그리고 있을 피부가
불쌍할 뿐이어라,

미워할 사람도
예뻐할 사람도 없었노라
다만
살아 있음한 목숨의
불쌍함뿐,

그럼 우리가 본 하늘은
무슨 하늘이었단 말인가,

불쌍,

우리는 보았다
가엾은 심줄,

애처로운 목,

서러운 사람들이

서러운 목 뽑고
서러운 코 흘리며
서러웁게, 살아가고 있었다,

살아 있음의
불쌍함이여,
숨쉬고 있음의
불쌍함이여,

이제 고만
우리들의 이야기로 돌아오자,

임오년,
군부 쿠데타에 쫓겨
다락방으로, 여주 논길로
치맛자락 끄을며
헐떡이던 뒤꿈치,

은하수,
무자위, 견우, 직녀, 짚신할머니
경복궁 부엌 굽어드는 가을
방방곡곡의 이름난 무당 불러들여
아들의 장수무강,
금강산 일만이천 봉우리마다
쌀 한 가마, 비단 한필씩 걸어

푸닥거리 드리던 왕비,

오늘은
민영준(閔泳駿)을 불러 청나라
원세개 앞으로
파병 요청서를 썼다,

조작 청원이었을까?
타의에 의한?

　　　"소국 전라도 땅에, 태인 고부 고을이 있사옵니다,
　　　원래 습성이 고약한 게 우리나라 백성들입니다마는
　　　이 고을은 유독합니다,

　　　요즘엔 동학당이라는 비적들과
　　　배가 맞아
　　　만여명의 무리를 일으켜
　　　어느덧 고을을 휩쓸더니
　　　이제는 호남의 요지 전주성까지
　　　저들의 손에 넣었습니다,

　　　이미, 잘 훈련된 왕가 군사를 뽑아
　　　이를 물리치도록 내려보냈사오나
　　　어찌된 영문인지 이 역도들의 무리는
　　　죽음도 무섭다 하지 않고 버티고 싸워옵니다,

궁병은 그들에게
터지고 패하여
많은 대포와 총검을 빼앗긴 채
퇴각해버렸나이다,

이제 저들은
서울을 넘보는 듯하나이다,

그러나 소국의 궁중에 둔
새로 훈련된 군대는 그 수가 적어
겨우 궁성을 지킬 정도에 지나지 못하며
더구나 실전에 경험이 없는 풋내기들이옵니다,

생각하옵건대, 이 비적의 무리들이
점점 더 번성 창궐하게 되면
저희 왕실보다도 귀 대국에 많은 염려를
끼치게 될까 두렵습니다,

이미 임오, 갑신, 두 차례의
내란 때 귀 대국의 군대의 힘으로
명맥을 유지한 우리 궁중의 일가친척

이번도 오직
귀 총리님의 넓으신 재량에

의지코자 하오니 곧 북양대신(北洋大臣) 이홍장(李
鴻章) 폐하께
전보를 치시어, 얼마간의 군대를 보내시게 하여,
소국의 내란을 대신 소탕해주심과 아울러
소국의 미숙한 군대들도 귀국 장군을 모시고
군무 배울 수 있도록 주선해주옵소서."

산에선
원추리가 피기 시작하는
6월 초순
아산만엔
야포(野砲) 4문
87밀리 대포 4문 이끈
엽지초(葉志超)의 청군 육천명이
양총 들고 상륙,

이왕가에서 보낸
영접사 이중하(李重夏)의
꽃다발
술
합장 대배(大拜)를 받았다,

남진(南進)!

그러나 어찌 알았으랴,

234

재빠르게
등덜미 잡는
손,

인천 가두에
오천사백명의
까마귀떼 같은
일본군이 상륙
차렷 행렬로
점호,
왕가와
아산만의 눈치를 살폈다,

기름진 평야, 나누어 먹고 싶은 배포였을까?
아니면 통째 혼자 먹고 싶었을까?

전함 일곱,
포함 둘,
체신선 하나,
기선 다섯,

사령관, 그도 고국엔
우렁바가지 같은 마누라 가진
일본군 제5사단장
육군중장 노즈 미찌쯔라(野津道貫),

여단장(旅團長)
육군소장 오오시마 요시마사(大島義昌),

동학농민군을 찾아
상륙한 이들 청·일군은
1894년 6월 11일
저희끼리
발포하기 시작했다

성환(成歡)으로,
서울로,
평양으로,
쫓기고 쫓으면서
뒹굴었다,

청일전쟁.

한달도 안 가서
전세는 판가름 났다
백기 들고
배상금 내고
물러가는 중국,

이왕가 오백년의

머리 위, 뿌리 늘였던
대륙 낙지발이 잘리고

대신, 섬나라
낙지발이 이날부터
석양 진 이왕가 머리 위
뿌리 늘인 의미일까,

한편, 이 무렵,
농민혁명군 총본부
경기전(慶基殿) 뜨락
고목 가지에선 매미가 울고
대들보 드러난
선화당 대청마루에선
농·관 협상회의가 열렸다,

삼베 전투복 입고 정좌한
전봉준,
가슴 열고 부채질하는 김개남,

맞은편엔
도망간 김문현 자리 부임한
전라감사 김학진(金鶴鎭),
왕명으로 서울서 내려온 안무사 엄세영(嚴世永),

그리고 먹을 가는 몇 사람의
입회 서기,

간장독에 앉았다 날아가는
파리 쫓아 고의 바람으로 삼십리
뛰었다는 진주 꼽쟁이의 여름도
이런 무더운 공간이었을까,

흰 구름은
은행나무 위 머물러
있었다, 바람 한점
없는,
바위,
유화(油畵),
풀밭.

전봉준은
팔짱 끼고, 또
눈 감았다

　　　"우리가 자진 해산하면
　　　일군과 중국군은 과연
　　　철수할까?

　　　철수한 다음의

재기.
늦지 않을까?"

몇시간 만이었을까,
양측 대표는 협정서에
서명을 마쳤다,

　　"전라도 53주에 집강소를 설치
　　동학도인이 이를 맡아 민정에 참여한다,

　　동학도인과 정부 사이에 섞여 있는
　　미움을 일소하며, 탐관오리는 낱낱이
　　들추어 엄징한다,

　　모든 토지는 농민에게 평등분배한다,

　　횡포한 부호, 지주, 불량한 유림과
　　양반 족속을 엄징한다,

　　칠반(七班) 상놈 제도를 뜯어고치고
　　노비의 호적문서를 불살라버리며
　　백성은 패랭이 꼭 쓰지 않아도 무방하다,

　　과부의 개가(改嫁)를 허락한다,

무명 잡세를 일체 거두지 못하며
공사채를 물을 것 없이 기왕의 모든
채무관계를 백지로 돌린다,

외국인과 잠통(潛通)하는 자를 엄벌한다."

전봉준은 일어섰다,

"그럼
우린 싸울 필요가, 없어졌습니다,
우선은,

호남 땅에서만이라도
동학과 농민의
꿈은
쟁취됐습니다,

오늘 밤 안으로
우린 전주성을
비웁니다,

선정 베푸시오,
우리가
집강소를 가지고
살펴봅니다."

그날 밤 자시(子時),
김개남이 이끄는 부대는
남문을 나서 남원 방면으로,

전봉준이 이끄는
주력부대는
북문을 나서
금구(金溝) 방면으로 향했다,

하늬는 봉준의 뒤를 따라
덕소길 걸으면서 울었다,

하늘엔 은하와 북두,
이따금 유성이
그 깊은 영원 속, 직선
긋고 간다,
어딜까?

사발덩이 같은
샛별이 동녘 하늘에
떴다,

우타박거리는 수없는
발과 발,

삼례에서 하늬는
봉준과 작별인사
나눴다,

봉준의 이마엔
구슬땀, 아니면
이슬방울인가,

가로새겨진
깊숙한 세 줄기
강물,

하늬는
조국을 보았다.
끝나지 않는다.

　　　　"그길로 서울 밀고 올라가
　　　　중심 도려냈어야 했습니다,
　　　　봉준형,

　　　　전주성에서 머뭇거리지 말고
　　　　그길로 서울 직충했더면
　　　　벌써 스무날 전에 우린
　　　　한양성 점령할 수 있었죠,

왜놈과
뙤놈들의 상륙하기 전,

중앙에
동학농민혁명위원회를
조직하고,

동과 서에
국제의 사다리
내려 걸쳤더면.

이제 늦었습니다,
봉준형, 어쩌실 셈입니까?"

하늬의 눈동자를, 그리고
자기의 내부를
그 긴 역사를
번갈아, 보며
앉아 있던 봉준

"옳았소, 그때
하늬 말이,

그러나

호남 일원에서만이라도
집강소의 설치로
우리 동학의 꿈
열매 익는다면.

좀더, 두고
기다려봅시다
국제의 바람과 구름,

지금 우리가
택할 수 있는 길이래야
또 달리
없지 않소?"

산에서
일찍, 잠 깬
새벽바람이
삼베적삼 속
기어들었다가, 소매 밖으로
나갔다,

바람 내, 그렇지
머릿다발의
진아 살내,

"길은 아직
있습니다,

정공법,
만 피하면 됩니다
정공법만.

만이 아니라
오만이 와도

이 나라 풍습과
지리에서 소외당한, 그
검은 바지,
청색 저고리,

아무리, 기관포
대포로
둘렀다 해도

밤 발라내듯
발라서, 망태 속 넣기란
쉽습니다,

유격전으로.
동에서 서에서

남에서 북에서
가슴에서.

온 백성은,
산천은

우리 편입니다,

봉준형,
밤으로, 산으로
오륙십명씩,
이백여개의 유격대 나누어
북상시키십시오,

아직 늦지
않았습니다."

전봉준은 눈을
감고 있었다,
다문
입술

무엇을 생각하고
있었을까,
십분,

동양의 하늘 밑, 또
이십분,

나무,
하늘, 강,
밥 짓는 연기.

　　　"고맙소, 하늬
　　　그러나, 또 그보다 다른
　　　길도 있을 것 같소
　　　맡겨주오, 내게,

　　　그동안 수고했소

　　　천명(天命),
　　　아마 쉬 다시
　　　만나게 될 날 있을 것
　　　같구려."

두 사람은
눈 감은 채
손목 싸쥐었다,

만경평야
아침 깬 바람이

벼포기 잎사귀 위
이슬방울 흔들면서
이 논, 저 논
인사를 다녔다.


제19장

금마(金馬).
하늬는 전우(戰友)들과 작별
부여로 가는 길
마한, 백제의 꽃밭
금마를 찾았다,

언제였던가
가을걷이 손 털고
재작년 늦가을
진아는 하늬의 손가락 끼어
미륵사 탑 아래
그림으로
서 있었지,

그날은
저 탑날개
이끼 위

꽃잠자리가
앉아 있었다,

7세기 초
백제인들 슬기로 건축
8세기 초
낙뢰로 반파(半破),
거대한 8층탑은
반공(半空)에 그 부러진
한쪽의
어깨,

진아의 아름다움에
홀려, 마을 사람들은
떠날 줄 몰랐었다,

동지섣달이면
진아의 분신(分身)이
세상에 나온다,

아들?
딸?

남남북녀(南男北女),
북남남녀(北男南女),

먼 지방 사람끼리 만나면
우생학상 좋은
2세를 낳는다,

그래서 우리
조상들은
가족 근친혼,
마을 혼인
꺼려왔고,

눈이 가는 여잔
눈이 사슴 같은 사내,

입술이 얇은 사낸
입술이 넓고 두터운 여자,

비만한 여잔
깡깡한 사내,

마음이 가을 물같이
차가운 남잔
마음이 겨울 이불 속같이
다스운 여자를
찾아다니는 법,

250

진아는 지금
어느 하늘 아래
그 푸담한
가슴.
꿈꾸는 듯 깊은
눈매 깜박이고
있을까,

계룡산쯤
동학사(東鶴寺)에라도
피란 가 있게 할걸.

먼 고향
해주까지 보냈을까,
어리석음이여,

떠나기 싫어하던
진아의 눈동자가 생각났다,
무거운 몸인데도, 하늬 따라
종군하겠다고 우기던
진아.

어느 핸가 여름
대전에서 전주 가는 버스
타고 가던 우린

금마에서 내렸었지,

선화공주(善花公主)의 남긴
적삼 바람
어느 나뭇가지엔가
걸려 있을지도
몰라,

금마에서
서북쪽으로 이십리
가도 가도 황톳길
쏟아지는 땡볕 아래
엠원 총 멘 제2훈련소
훈련병들의
굳은 행렬만,
지나갔다,

목은 말라도
구멍가게엔
건빵, 초콜릿뿐
막걸리, 김치 생각은
굴 안 같은데
가게엔 영어로 쓴 브랜디
화학주뿐,

냇가에선
수십명의 수건 두른
부인들이
모래를 인다,
탄피, 소총알,
날품값 보리 두되 값이라던가,

사십쯤 되었을까,
한 아주머니가
담배를 청했다.

일본서 곳간차 타고
돌아온 얼굴, 틀림없이
남편은 남양군도(南洋群島) 징용 가
소식이 끊어졌겠지,

기준성(奇峻城) 있었던
미륵산 정상엔
텔레비 안테나,
세우느라, 기재(機材) 실은 차가
다녔다,

논배미에선
뜸부기가 울고.

하늬는 기왓장을
주워들었다.

금마에서 남으로 십리,
지금 5층 왕궁석탑이
서 있는 고구마밭은
황토언덕
옛날 무왕(武王)의 이궁(離宮) 터,

신라 땅에 가
섬섬옥수
선화공주 꼬여온
낭만.

선화공주 위해,
무왕이 된
마동은
별장을 지었다,

어느날
선화는
미륵산 아래
산책하다
미륵불 캤다

땅에서
머리만 내놓은
미륵부처님의
돌.

마동왕의 손가락
이끌고 다시 가보았다,
안개.
비단 무지개,

백성들이 모여
합장,
묵념.

그들은
삼십오년의 세월
머리에 돌 이고
염불 외며
농한기
삼만평의 땅에
미륵사,
미륵탑, 세웠다.

마동왕의 어머닌
부여 마래

화지산(花枝山) 기슭에
살았다,

지금도 마래
이궁 터 방죽가엔
돌우물,

밤으로만
평복하고 나타나는
법왕(法王) 위해
마동 어머닌
돌사발, 돌우물
떠 바쳤다,

그, 돌우물가엔
지금도
초가집 몇 채.

그 흙담집
고운 흙 위에서,
우린
출생했지,

돌나물,
미나리 방죽, 냉이

달래 캐던 그 가녀린
손마디들은 어디 갔을까,

누나,
주워다 기른 누나
우린
마뿌릴 캐
귀 먹으며
여섯살,

멍석딸기밭에서
고샅 뜯다
뱀을 봤지, 그리고
낮잠,

우린
먼 길 가는
바람, 아니면
햇빛,

열매,
지고, 피고

우린
어디까지

왔을까.

이틀을 걸어
하늬는 고향으로 왔다,
문설주에서도
수저,
툇마루쪽에서도,
진아의
목소리,

들길에서도
콩밭,
앞산에서도, 웃음 머금고
치맛자락 아무리며
사뿐사뿐
걸어오는
입모습,

비단자락 밑의
살냄새,

하늬의 마음과 몸은
휘말려갔다,
혁명처럼, 해주로.

제20장

청일전쟁이
일본의 승리로 끝나고
반도에서 청군이 퇴각한
다음날,

일본에선
수뇌회담이 열렸다,

　　　"쑥대밭 돼버리면
　　　어때,

　　　차라리 할 수 있으면
　　　초토로 만들어버리려마,

　　　본토에서
　　　반쯤 이민시키게,

　　　그래서, 그 동학당인가
　　　농민군인가 씨 말려버린 담에,

　　　흥정하는 거야, 왕족과.

요리상은 이미,
　　　받아놓은 요리상, 하하하.”

우리는 들었다
일본 어느 고장엔가, 지금도
잔디 입힌
코 무덤,

일찍이
식인종이었던
섬나라,

조선 사람의
대가리, 그 대가리가 왜
탐이 났을까,

칼로 베서
병아리 새끼처럼
엮어 가던
임진년.

마늘접처럼
죽으로 엮여 가던
사람은 누구?

마늘접을
배에 싣고 가던 사람은
누구?

짐이 무거웠겠지
대가린 버리고
코만 베 갔다,

실로 꿰서
코를 가지고 가면
일본 천황 이하
대신(大臣)들이

콧날을 헤어서
조선 사람 코 열개에
쌀 두 가마
무명 두필을 상급했다던가,

가죽은
더 비쌌다,
인피(人皮),
구두 만들려고?
더 큰 충성으로 보였겠지, 사람가죽
한장에 비단 세필,

끝나지 않았다
인간의 야만은 끝나지 않았다.

우리는 오늘
사람을, 총으로
쏘고 있지 않은가.

아프리카에서,
아시아 반도에서,
그리고
나뭇잎 싹트는
따스한 봄날
교수대에서.

아, 일찍이
인류 예지(叡智)의 발상지였던
아시아,
평화와 꽃밭과 덕망의 땅이었던
아시아,

오늘
누가 와서
함부로 총질하고
있는가,

임진년,
조선 사람의 종잘
말릴 순 없어, 칼 씻으며
그들은 돌아갔다.

민비(閔妃).
여인이었다,
남과 북이
진창 되어도
자기 안방의 따뜻함
큐우 노리개의 상자 속의 평화,
아들 남편의 영화만은 목숨 내놓고
확보하고 싶은.

대원군.
이조가 내놓은
비뚤어진 사마귀,

양반은,
잘못 돋아난
물사마귀,

이미 대세 기운
파장에서 초조하게
우왕좌왕하는

더덕사마귀.

생의 마차를,
불성실하게 끌어온 사람들은
죽음 앞에서
발바닥 붙이지 못하고
당황한다,

임종 앞에서
당황하는 사람은

아닌 줄 알면서

안될 줄 알면서도
무엇인가,

아무거구
손에 잡히는 대로
이 약
저 약, 목에 주워 넣는다.

그래서
이조 말의
더덕사마귀떼들은

아닌 줄 알면서도

원세개 장군이여
일본군님이여, 하며
서학놈들이여, 동학놈들이여,
동으로, 서로
수선피웠으리라,

어찌 됐거나
일본 군대는
1894년 9월
충청남도 서산에 상륙,
금강 방면으로 내려왔다.

때를 같이하여
서울에서도
삼천의 왕병과
오천의 일군이
남진.

전봉준은 호남 일대의
전 농민군에게
긴급동원령을 내렸다,

　　　"조선의 전체

동학농민군이여,
어서 무장하고
10월 5일 밤까지
논산벌로 모여라."

추수가 끝난
마을마다에선
그동안, 곳간 속
묻어뒀던

창,
엽총,
죽창,

없는 사람은
쇠스랑,
호미
낫까지
닦아 들고 나섰다,

만삭이 된 아내의
귀밑머릴 만져주며,
병든 아버지의
머리맡에서,
무릎 나온 아들딸들의

코를 닦아주며,

그리고
정든 기둥나무에
눈인사를 보내며

우리의 조상들은, 서리 내린 아침
집을 떠났다.

아침엔 태양
낮에 까마귀
밤엔 시퍼런 하늘.

태백산,
바위 틈서리에서
한 방울
두 방울 떨어지는
금강 줄기의 원천처럼,

논산벌로 모이는 길은
산마을에서 들마을로 내려서며
강물처럼, 사람은
불었다.

홍수,

사로(四路), 팔방(八方)에서
모여오는
창과 머리,
발과 증오의 홍수.

10월 10일
노성산(魯城山)에서
논산 이르는 벌판엔
이십만의
농민이 집결.

낮이면
하늘을 가리는 흙먼지
밤이면
어둠을 수놓는
수천개의 모닥불.

어디서 왔는가
바위 같은 주먹,
꿈틀거리는 심줄이여,

오,
무서운 감격이여
반란이여,

오 무서운
힘이여
신이 나는 모임이여,

내일은 공주
모레면 수원
글피면 한양성

천추에
한(恨) 못다 풀
양반성의
점령이여

조국의 해방이여
백성의 해방이여

농민의,
노동하는 사람들의 하늘과 땅이여

오, 벌거벗고 싶은 감격이여
오, 위대한 반란이여,

꿀과 젖이 흐르는 땅,
꽃과 과일이 만발하는 강산이여,

눈빛과 웃음이
어우러지는 땅,

배불리 먹고살 수 있는 나라여.
아버지와 아들이
사랑할 수 있는 세상이여.

농민군 총지휘본부 막사
쉴 사이 없이
전령들이 들어오고 나갔다,

남접대장(南接大將)
전봉준 총수,
의형제로 그젯밤 아우가 된 북접대장
손병희(孫秉熙) 총수,

중앙에 높이 펄럭이는
깃발엔

　　　"왜적을 몰아내자"

　　　"썩은 왕실을 도려내자"

천안 세성산(細城山)엔
북접 농민군 오천을

전위부대로 배치했다,
지휘자 이희인(李熙人), 김복용(金福用),

홍성 방면엔
상륙한 일군의 남진을 저지코자
칠천명을 배치했다
지휘자 박덕칠(朴德七), 박인호(朴寅浩),

만명을 손화중, 최경선에게 주어
전남 광주로 돌렸다,
왜군의 후방상륙에 대비,

김개남은
일만 오천의 직속부대를 이끌고
진잠고개 넘어 청주로 진격했다,

10월 21일, 무서리 내린 아침
세성산 유진했던 농민군 전초부대가
왜군 기관포소대의 기습으로
전멸됐다는 소식이
본부에 들어왔다.

주력부대는
삼로(三路)로 진격했다

계룡산 동쪽 기슭 돌아
대교(大橋) 쪽에서
공주감영(公州監營) 공격하는
손병희 부대 오만명,

정남(正南)에서
노성(魯城) 효포(孝浦) 거쳐 북상하는
신하늬 부대 사만명,

칠만명 이끈 전봉준은
노성산 서쪽 돌아
이인(利仁)에서 우금티를 넘었다.

산의 벽과
산의 벽이
마주 울고

역사와 노도가
산을 문질렀다

꽃도, 나무도,
돌도, 강물도,
북쪽 하늘 향해, 일제히
머릴 나풀거렸다,

감발과 감발
짚신과 짚신
꿰진 무릎과 무릎,

돌,
몽둥이,
삽,
호미,
쇠스랑,
괭이,
부엌칼,
부지깽이,

그렇다
정말,
눈 못 보는 허리 굽은 할머니들,
아들딸의 뒤를
따라, 부지깽이 들고
쫓았다,

창,
심지총,
죽창,

살과 살,

뼈와 뼈,

눈동자와 눈동자,
이마와 이마,
가슴과 가슴,
쓸개와 쓸개,

미움과 미움,
분노,

고개 넘고
내 건너고
마을 지나

밑 없는
어둠을 뛰었다.

일어나자,
조국의
아들딸들아,

일어나자,
반도의
중생들아,

목숨 살아 있는
동학교인이여, 모든 농사꾼이여

일어나라,
조국의
모든 아들딸들이여,

손톱도 발톱도
돌도 산천도, 이 나라의 기름 먹은
흙도 바람도
새도 벌레도 일어나라,

두레꾼이여
조국이여
너를 부른다, 두레꾼이여,
녹두알이여, 너를 부른다,

땅도 강물도
깃 털고 중천 높이 솟아라
너를 부른다.

너의 피를 부른다
여문 뼈, 노랑 수건 휘날리며 오라
농민군이여.

우리들은 이때 공주 싸움에서
있었던 몇가지 기록을 가지고 있다,

23일 이른 아침
이인에서 곰나루 건너던
농민군이, 스즈끼(鈴木) 소위가 인솔한
일군 기관총부대의 반격을 통쾌하게
때려엎은 이야기,

지금의 공주교육대학 뒤 봉황산 마루에 있던
관·일 혼성부대가 농민군의 포위공격에
쫓기어 무기 버리고 성내로 도망간 이야기,

그러나 무슨 소용이랴,
역사도 울고
산천초목도 울었다.

공주 우금티,
황토흙 속 유독 아카시아가
많은 고개였어,

어느 여름
땀 흘리며 버스로 올라가는
이 고개는 매미 소리뿐이었지,

그날 낯선 여학생이 나 보고
까닭없이 웃었지,
오빠였을까? 형무소에서 나오던
그 잘생긴 사내.

그리고 어느 핸가
폭격이 있었다, 황소가 쓰러져 있는 마을
고갯길 한가운데
탱크가 누워 있었지,
부러진 포신(砲身).

귀를 째는
제트기 폭음,
즐비하게 흩어진 외제
기관포 탄환
의 깍지,

그 우금티 고개에서
동학군은 악전고투했다,
상봉 능선에
일렬로 배치,
불을 뿜는
왜군 제5사단의
최신식 화력,

야전포,
기관총,
연발소총,
수류탄.

꽃이 지듯
밑 없는 어둠으로
수백명씩
만세를 부르며,
흰 옷자락 나부껴
수천명씩
차례차례
뛰었다,

민족의 제전(祭典),
반도의 산봉우리 높이
불타고 있는 저 모닥불 속에
던져라,
우리의 젊음,

없었노라
이 목숨 내맡길 자리.
얼마나 기다렸던가
이 성화(聖火),

젊음을 부르는
성화,

왔노라,
이제야 왔노라
거대한 천명.

이제야 보았노라
우리의 하늘

발밑에서 불타는
우리의 하늘,

던져라
젊음,
던져라
창(槍),
던져라
증오,
던져라
반역,

영원의 강물이
우릴 손짓한다

오, 위대한
몸부림이여

깊은 하늘,
용광로 불길 속에
사방, 팔방에서
무수히 던져지는
저 꽃다발,

지글거리는
역사의 밭이여,

꽃불 튀기는
피의 잔치여,

내가 왔노라,
이제야
내가 여기 왔노라,

뼈를 남기고
승천하는
승리여,

내 여기 왔노라
이제야

처음, 내 여기 왔노라,

내 여기서
불타며 승리했노라,
살덩이를 여기
찢어 던지며
내 영혼은 여기서
승리했노라,
만세,
만세를 불렀노라,

노래했노라
우리의 형제들은,

다음날의
백화(百花) 요란한
하늘밭 위해
우리의 목숨을
거름밭에 던졌노라
용감히 노래하며 던졌노라,

알맹이를 발라서
던졌노라.

제21장

사흘 밤낮의 싸움 끝에
전봉준은
총후퇴령을 내렸다,

하늬는 이때 삼십명의
장정을 이끌고
적진 깊숙이, 봉황산 골짜기에 들어가
일본군의 대포 2문을 파괴하고,

관군의 본부 향해
화살 편지 쏘았다,

　　　"왜놈들 미워하긴
　　　그대들이나 동학군이나 다를 바
　　　없을 줄 아노라,

　　　총부릴 어서 왜놈들의
　　　등으로 돌리오."

뒷날 전해진 이야기로, 삼천의 관군
거느렸던 서산군수 성하영(成夏永)은 편지 보고
고민했다, 그러나 그의 곁엔 일군의
감시병이 이십사시간 떠날 날 없었다,

갑자기 잠잠해진
함성 소리,

하늬는
척추에 땀 느끼며
유격대의 후퇴를 지휘했다,

사십보 앞 개울에서
포환이 터졌다,

엎디었다,

뒤에서 또 터졌다
어디서 또 터졌다
콩 볶는 듯한
기관총 소리,
마당쇠의 고개가 부러져 있었다,

하늬는 보았다
능선 바위 사이 히노마루
기관총 사수,
검정 군복의 이마

쏘았다

겨냥 없이,

미움으로, 겨냥하고
마음놓고 쏘았다,

기관총이 굴러떨어졌다.

하늬는
뛰었다,

보리 뿌리
쥐어뜯으며 전우들은
꺾여져 있었다,

산마루
눈을 홉뜨고
네 활개 벌렁
왜군 기관총 사수는
누워 있다,

피가
어깨를 적시고
흙에도 스민다
피의 고향은 흙일까?

살이 아프기는
마찬가지

그러나
여기가 어딘데?

너에게도
고국 가면, 콩밥 묻어둔
아랫목

쪽니 나온 마누라가
웃고 있겠지?

　　　　"불쌍한 것들"

하늬는
흙 한 줌 주검의 가슴 위
던져주며 뛰었다.

골짜기마다 시체의 산
피의 개울,
싸움은 끝난 걸까?

초겨울,
보리밭에 뿌려진

허연 거름 건더기처럼
골짜기, 갯바닥을 덮은
누더기죽.

몇달 두고
금강 이쪽저쪽에선
살기름 냄새 가시지 않았고

우금티, 무너미 황토고개에선
지금도 간간이
밭매다 뼈마디 추려내는 일
있다 했다.

진아가, 와 있었다고
들었다, 앞치마 두르고
부녀자들 속에 섞여 동학군의 밥
나르고 있었다 한다.

하늬는 이인 장터에 이르렀다,
어제까지 수백의 아낙들이
국을 끓이고 부상병을 치료하던 장터는
홍수 지나간 갯벌처럼 쓸쓸하였고,
수십개의 가마솥, 생솔가지 꺾어 만든 막사들만
주인 잃고 쓰러져 있었다,

진아는 어디 갔을까,
그리고 그 많은 아낙들은,
또 부상병들은?

하늬는 소롯길로 들어
계룡을 향했다,

계룡산,
갑사(甲寺)로 가는 길가엔 농바위가 있다,

어느 해 여름
우린 손길 맞잡고 휘파람 날리며
깨꽃 피는
절길 걸었었지,
참외.

인천에서 내려오는 길이라는 어느
할아버지가 동학란 때 얘길 들려줬다,

미처 후퇴 못한
부상 농민군이 이 마을에서
하루를 묵고 갔다

일병, 왕병 수백명이
포위하고 기관포 난사하여

마을은 불바다가 됐다,

남자들은 없었고, 아닌 밤중 천지 뒤집는
총소리에, 부녀자, 노인, 어린애 들은
방에서 부엌, 부엌에서 변소로 뛰다가 죽었다.

요행히 살아남은 이십여명의 아낙들이
불붙은 옷을 찢어던지며 뛰다가 일·왕병에
잡히어 윤간당하고 살해되었다,

옹기장수 부인 하나는, 일본군의 국부를 뽑아 죽이고
자기도 혀 깨물어 자결했다,

열두살 먹은 소년 하나가, 헛간 속에 숨어 있다가
엄마의 비명 소리
듣고 달려가 일본군의 등에 쇠스랑을
꽂았다,

어느날 밤
대창 든 검은 그림자 셋이
나타나 일본군 보초 두명의
가슴 뚫어놓고 총 뺏어 사라졌다,

며칠 후
역시 대창 든 세 그림자가

나타나, 관군 둘, 일본군 하나의 가슴
뚫어놓고 사라졌다,
그러나 뒤쫓은 일제사격,
벌판을 뛰던 세 그림자 중 두개가
거꾸러졌다,

머리에 노랑 수건 두른
고향 모를 농군들이었다,

자취 감춘
한 사람의 게릴라가
하늬였을까.

억수로
비가 쏟아졌다,
초겨울인데도 여름비처럼
이틀 밤을 쉬지 않고 퍼붓는 비
그리고 때아닌 뇌성벽력,

사람은
산천의 아들,
아들이 아프면 산천도 찡그린다,
사람 마음에 궂은일이 있으면
산천도 따라 울어줬다,
외적(外敵)의 행패가 못마땅해

산천이 날씨를 궂혀 방해하고 있는 걸까,

갑사에서 하루를 묵은 하늬는
빗속으로 뛰어들었다,

팔도강산에
고루 내리는 빌까,
서곡(序曲)은 끝났다.
우선 끝났다,

뇌성벽력은 누구의 분놀까,
누구의 잘못을 꾸짖고 있는 걸까,

십만의 농민이
죽고 다쳤다, 이제 그 가족
오십만명이 학살당하고
주리 틀리고 곤욕당해야 한다,

하늬는
계룡산 주봉(主峰) 향해 뛰었다,
뛰다 걷다 뛰다 쓰러졌다,
그리고 가슴을 치며,
쥐어뜯으며 뛰었다.

비는 옷을 적시고

살 속 스며 허리 아래로
흘러나리는 강물,

상봉에 가까울수록
뇌성은 하늘을 가르며
으르렁쳤다,

하늬는 기구하며 뛰었다, 벼락아
때려라, 벼락아. 벼락이여, 나를 때려라, 내
대갈통을 부숴라, 벼락이여, 이 못난 놈을
박살내다오, 벼락아, 벼락이여,

하늬는 어느새 상봉에 올라와
바위 위 무릎 꿇고 있었다,

비는 더 억수로 쏟아지고
천둥도 더 무섭게 으르렁댔다,

얼마가 지났을까,

정신이 맑아왔다,
네 활개 벌리어
바위 껴안고 잠들어 있었던
하늬,

비는 멎고
하늘은 맑았다,

아침,
눈부신 태양이
동쪽 먼 산마루 위
떠 있었다,

저 태양은
영원한 걸까,

금강의
부드러운 물굽이가
멀리서
희게 빛난다,

아무 일도 없었다는 듯,
평화로이 흘러가는 강물.

등성이 두어개만 내려가면
애화(哀話) 얽힌 오누이탑,
그리고 동학사,
진아와 앉아 쉬던
돌방석, 아직도
나무그늘 반쯤

비껴 있을까?

시뻘겋게 젖어 있는 바위,
봉황산에서 부상한 손바닥
찍어 붙인 쑥이 비에 씻겨 없어지고
피가 맘껏 흐르다가 제풀에
멎어 있었다.

들여다보았다
손. 맞창이 난
손바닥.

벼 베러 다니던 손,
진달래 꺾어 이웃 소꿉동무
나누어주던 손,

진아의 보드라운 볼 어루만질 때
그리고 그녀의 가슴
허리 아래 어루만질 때
이 손은 내 전부였다,
생명,
천재(天才),

그녀는 자주 내 손
되받아, 꼬옥 쥐어왔지

마곡사(麻谷寺)에서
범종 함께
쳐볼 때도 이 손이었다.

엄마는 비 오는 날,
비.
어떻게 생겼었을까,
내 손 만들어놓고 간
엄마는,
그 피는 어떤 피였을까,

눈
마음은,
목소리.

하늬는
바위 위 기댔다,
동쪽 향해 경사(傾斜)로 누웠다.

반도 위
누워 있었다,

눈을 감았다.
원허(原虛),

텅 빈 바람의 마을,

눈을 떴다
태양이 하늘 한가운데
박혀 빛난다,

눈을 감았다,
하늘,
가슴속
생명 속, 안방 다락방까지
골고루 적셔 들어오는 하늘 소리.

꿈이었을까
반도, 산과 마을
도시와 농촌,

태평가 부르며
일하는 노동자들 머리마다에서
분수(噴水)가 솟았다,

반도 전역은
옥(玉) 같은 분수,

분수에 휘말려
곤두재주 넘으면서, 쏟아진다, 쏟아진다,

무수한 양반 아전, 수령 왕족 들이
바다로 쏟아진다,

양총 멘 뙤놈
왜놈들이
곤두재주 넘으면서 쏟아진다,

전봉준은 어찌 됐을까,
김개남, 최해월은?
손병희, 손화중은?
재조직,
그렇다, 재조직,
그리고, 알맹이만 모은
유격부대 조직,
동학농민혁명위원회
의 깃발.


제22장

씻어내면 또
모여들 올 텐데,

씻어내면
또 열흘도 못 가

모여들 올 텐데,

이 맑은 피로만
채워버리면
좋겠는데,

이틀도 못 가
검은 찌꺼기들은
또 모여들 올 텐데,

그러나, 내일
새 거품 모여올지라도
우선, 오늘
할 일은

씻어내는 일,
저 하늘의 검은 찌꺼기
오늘 할 일은 모두
씻어내는 일.

1960년 4월
우리의 남이는 소방차 앞에서
허리를 꺾었다,

유에스의 상표 찍힌

탄환이 그의 어깨를
쪼갰다.

26일,
옆에 라일락 가지 들고
낯선 소녀가 서 있었다.
남이는 꽃에 손을 뻗치며
입을 열었다,

하늘을 보았죠? 푸른 얼굴.
영원의 강은
쉬지 않고 흐르고 있었어.
우리들의 발밑에,
너와 나의 가슴속에.

우리들은 보았어, 영원의 하늘,
우리들은 만졌어, 영원의 강물, 그리고 쪼갰어,
돌 속의 사랑. 돌 속의 하늘.
우리들은 이겼어.


## 제23장

10월 25일
공주 우금티의 결전 이후

298

일본군과 이왕병은, 패잔한 농민군, 농민군 가족,
농민군에게 밥 지어준 부녀자들까지 수색, 추격,
총으로 쏘고 칼로 찔렀다,

가는 곳마다, 마을은
태풍이 지나간 벌판처럼
쓸쓸하였고,
두어그루의 나무가
중동이 부러진 채 추레하고
서 있었다,

집집마다 연기가 끊어지고
인적도 끊어졌다,

이따금 지나가는 사람이 있어도
무엇에 쫓기는 사람처럼
땅을 굽어보고, 그러나 눈은 불안에
떨면서, 그렇지
쫓기는 사람처럼 바삐바삐
지나갔다,

눈발 날리는
11월 한달, 가마니 짜고
짚신 삼는 12월 한달, 다음해
정월 대보름, 2월, 3월

자운영 피는 춘궁기까지,
이왕병은 왜군과 손잡고 다니면서
팔도강산 방방곡곡을
총검으로 쑤셨다,

영동(永同)에선
아궁이 속 숨어 있는
일곱살짜리 계집앨 끌어내
아버지 있는 곳 대지 않는다고
기관총 갈긴
일병,

청산(靑山)에선
미친개, 이진호(李軫鎬) 이겸제(李謙濟) 등이 거느린
왕병과 일군 기관총 소대가
350명의 농민 사살하여
보리밭에 버렸다,

그들은 다음날
옥천에 들어가
동학교도 정원준(鄭元俊) 서도필(徐道弼) 등
아홉명의 노인을
눈사태 속 끌어내
발가벗겨 세워놓고
사격,

이두황(李斗璜)이 인솔한 왕병은, 왜군 기관총소대의 지원을
얻어 온양에서 농민 구십여명을 창고 속에 몰아
넣고 불질렀다, 그리고 동네 부녀자들 강간한 뒤
기관총 난사.

이두황, 그도 엄마 젖을 빨며 자란 사람 아들이
었을까, 바람 맑은 반도에서도 이따금 그런
고장난 기계가?

그들은 같은 방법으로 120명, 400명,
270명씩 총살하고 강간하며
해미(海美), 서산(瑞山), 매현
유구, 노성, 은진(恩津)
정산(定山) 등으로 설쳤다,

이제 그만,
팔도 휩쓸던 이런
고장난 얘기는 끝도 없고
부끄러운 얘기,

다만
아직도 몇 사람의 이야기가
남아 있다.

후퇴령을 내린 전봉준은
잔존부대 만여명 이끌고 전북
금구까지 와,
산과 내를 이용하여
반격태세 갖췄다,

그러나 월등한 화력 앞에 이미
무너지기 시작한 아성,
대포와 기관폴 맨몸으로 막을 순
없었다, 더구나 봉준의 오른쪽 어깨엔
깊숙한 파편,

봉준은, 자진해산령을 내렸다,

    "동지들, 고향으로 돌아가
      재기의 날, 기다리고 있어주오."

눈벌판 속을,
순창 땅 향해
산길 걷는 외로운
그림자,
봉준의 마음,

하늬가 말하던
유격대,

유격작전을
생각하며 산길을
뛰었다,

순창군 노피리(老避里)
김접주 집에서 하루를 묵었다,
갑오년 12월 초이틀,
밤,

군불 넣은
쩔쩔 끓는 아랫목.
밖에선 함박눈,
내년의 풍년을 예고하는
소담한 함박눈이
오리나무숲의 시린 발등을
덮으며
쌓인다.

지리산 양지쪽,
눈 덮인 붉은 흙 속에선
쑥, 진달래 뿌리들이
봄을 준비하고 있으리라,
그 향내나는 살로,

처마 속 잠자던

참새들이 푸득푸득 날아
뒤꼍 장작우리 속으로
숨었다,

그날 새벽
봉준은,
눈길 위 자국 난
천냥의 현상금 따라 뒤쫓아온
토반(土班) 관병 스무명에게 포위되어
묶였다,

눈먼 토반들은
다음날 천냥 받고 봉준을
일본군에게 인도했다,

봉준은
동아줄로 묶인 채
들것에 실려
서울로 압송,

들것을
네 귀퉁이서 얽매고 가는
사람은 상투 튼 조선 사람
그 뒤 총 들고 따르며 담배 피우는
사람은 왜놈,

봉준은
서울 오는 나흘 동안
입 한번 열지 않았다.

눈은
감은 채, 물 한모금
담배 한모금
입 대지 않고
조용히, 그림처럼 정좌하고
있었다,

머리 위서
반도의 하늘이 그를 호송하는 듯
따라오고,

어디선간
방울새, 한마리
그의 어깨 위 날아와 앉았다간
냇물 건널 때
날아갔다,

산이
가면 마을, 마을이
가면

들이 열렸다,

기다리는 사람은
맛보는 사람,

돌아다니는 사람은
먹는 사람.

을지로6가
지금은 도로공사로 헐렸지만
광희문 밖,

언젠가
미군 짚이
대폿집 들이받아
안방 뒤집어놓고
핸들 잡은 채
껌 씹고 있던,

그리고 그 앞으로
천연스럽게
여대생,
너는 걸어오고 있었지,

지금도 있을까

녹두지짐이를 팔던
눈이 무른 그
과부댁들,

언제 보아도, 광희문
너는
우중충한 돌이끼.

1895년
3월 29일, 아침부터
줄기차게 비가 왔다,

형리가
동아줄 끄르는
자기 손가락마저
분간 못할 만큼
비가 쏟아졌다,
온종일,

그리고
오후 세시, 돌문 밖
질경이랑 반지꽃이랑 냉이랑
예쁘게 돋은 흙언덕
높은 장대 위,

교수된
전봉준의 머리는
칼로 다시 잘리어
매달리었다,

다섯 차례의
혹독한 왜식 고문,
일본인 낭인 타께다(武田), 타나까(田中)의 번갈은
일본 망명 권유,
인품에 감동, 뒷날의 쓸모를 계산한
일본 공사(公使) 이노우에(井上)의 은근한 호의,
들은 체하지 않고
발밑에 니까려버린
농민 지도자
전봉준의
비.

그는
목매이기 직전
한마디의 말을 남겼다

　　　　"하늘을 보아라!"

그의 곁엔
고창에서 체포된 손화중,

최경선, 김덕명(金德明), 성두한(成斗漢)
의 머리가 나란히 효수됐다,

그 앞을, 누가 지나갔고
누가 지나왔을까,

그리고
며칠 후, 서소문 밖
장터 네거리엔 전주 숲정에서
참수된 김개남, 성재식(成載植)의
머리가 효수됐다,

맨발 벗은 아이들이
손가락 물고 서서
구경하고 있었을까,

그 무렵
여행용 트렁크 들고
한양성에 들른 영국 관광객
비숍 여사는, 표현했다, 효수된
혁명지도자들,
얼굴마다,
서릿발이, 엄숙하고
잘생겼더라고,

기록에 의하면
갑오년서 다음해 봄까지 사이
전국에 오십만명의 농민이 봉기,
싸웠다,

그리고
십만명이 죽고
다치고
집을 잃었다.

충청, 전라도에선 전지역,

경상도 상주, 문경, 영주,
진주, 마산, 밀양, 김해,

강원도 원주, 춘천, 홍천,

황해도 해주, 사리원, 배천,
구월산, 풍천, 장연, 수안,

평안도 용강, 평양, 신의주,
정주, 진남포,

함경도 원산, 청진,

방방곡곡에서
쇠스랑 들고 함성 지르며
일어났다,

벗고도 싶었으리라, 굴레,
찢고도 싶었으리라, 알살 덮은
쇠항아리.
찢어진 쇠항아리 사이로 잠깐
빛난 하늘,

삼무더기의 수망
꽃들의 기구
쌀밥 사발의 기원,

누가 꺾었나,

그러나
꺾였을까?

　　　'밀알 한알이 썩지 않으면
　　　언제까지나 한알로 있을 뿐이나,
　　　땅에 떨어져 썩으면
　　　더 많은 밀알 새끼 치느니라.'

백제,

옛부터 이곳은 모여
썩는 곳,
망하고, 대신
거름을 남기는 곳,

금강,
옛부터 이곳은 모여
썩는 곳,
망하고, 대신
정신을 남기는 곳

바람버섯도
찢기우면, 사방팔방으로
날아가 새 씨가 된다.

그러나
찢기우지 않은 바람버섯은
하늘도 못 보고,
번식도 없다.


제24장

불달은
몸뚱아리엔

꽃이 피었다.

멍석
그늘.

돌창을
던져라,

꽂힌
바위.

호수 위엔
맑은 바람

아우성은
승리 높이

상천(上天)에
뻗고,

죽음은
빛났다.

숱한 낮.
태양 익은

능선 따라

서린
입김.

돌창을 꽂아라,
푸른
동자.

돌창을 꽂아라,
푸른
동자.

연고(戀苦)는
빛났다.

새벽
벌
이슬 쏟은

네발
문
사자(獅子).

죽음은 썩고

뿌리 적신
생피.

비단 젖가슴
흙밭 위에,

억센
사지(四肢),

돌창을 꽂아라
푸른 동자.

돌창을 꽂아라
푸른 동자.

쓰러지지 않았다,
혼은
뛰쳐나와
하늘을
갔다.

숱한 밤.
멍석딸기 골짝마다

꿈은,

제25장

진아는
금강 가에 서 있었다,
억수로 쏟아지는 비
수면은, 수억만개의 물방개
싣고 흘러간다,

조그만
보자기 끼고 나룻배
기다리는 진아의 머리, 목덜미
앞가슴, 허리 아래를
강물은 흘러내린다,

살아 있을까, 하늬는
아직, 그리고
나 생각하고 있을까,

불타던
부여의 집,
통곡하던 마을과 마을,
그럼 우리가 갈 곳은?

하늬는

자기 죽음을 예감했던 걸까,
진아는 허리 더듬어 치마 속으로
은방울 만져보았다,

아기 낳거든
자기와 똑같은 이름, 하늬로
부르라 했다, 그리고 은방울 달아주고.
해주 길 떠나던 날 아침.

즐거웠던
시절은 철없이 뛰놀던 해주 땅,
아빠는 지게 바작 위
나 태워
산나무 다니셨지,

사과밭,
낯모르는 할아버지가
치마 한아름 사과
안겨주고 즐거워하셨지,

소꿉동무들,
각시풀 다듬던 그 손마디, 맑디맑던
그 눈동자,
윤기 짙은 머릿다발,

그러나
어려선 그렇게 예쁘던
손과 살색,
나이 들면 스물도 되기 전
누우렇게 시들고 말았지,

궁중생활,
그건 잠자는 시간밖엔
살아 있는 마음이 없었다,

하루종일
지껄여대는 여자들,
외양간에 검불만도 못한 이야길
그 찢어진 입으로.

돼지 같은 남자
많이 지껄이는 여자
그건 같은 말.

훌륭하다면
한없이 훌륭하고
못됐다면 한없이 못된 건
여자,

엉덩이 하나씩은 다

가지고 있었다.

하늬,
하늬를 만나기 위해
태어난
여자,

하늬를
만나기 위해 성장한
육체,

곧,
또 하나의 하늬가
내 몸속에서 세상에
나온다,

진아는
눈을 감았다,

다시 태어나진
못하겠죠, 하늬?
한번 더 걷고 싶어요
강 언덕길, 손길
마주 잡고.

석양이 비단처럼
비쳐들던 숲 속,

당신은 나리꽃 앞에
무릎 꿇고 꽃 입술에
입맞춤하며
날 놀리셨죠,

금빛 꾀꼬리가
우리 머리 위를 장난치듯
아슬아슬하게
날아갔어요,

풀방석 위서
까불며, 속삭이며 새우던
하룻밤,

전, 원추리꽃으로
왕관 만들어 당신 머리 위
올려놔드렸어요,

끝났군요,

당신 말씀대로
정말 우리는, 한가지 목숨의

흐름일까요,

이 세상은,
우주에 있는 모든 생물은
한가지 목숨의
강물일까요,

그래서
죽음도, 삶도
없는 걸까요,

영원한
바람만 있는 걸까요,
정상을 향한.

당신도, 나도
한가지 강물의 흐름 위에
돋아난 잠깐의
표정일까요,

그럼
구태여 혁명까지 조직하셨어요,
한 모서리 희생을 치러야 하는.

잘 모르겠어요,

당신을.

나룻배, 흠씬 젖은
애꾸 할아버지가
나룻배를 모래밭에
대고 닻을 던졌다.

그녀가
서 있던 강기슭,
언젠가, 6월
아름다운 석양,
소녀들이 노래하며 지나갔다,

강산은
기억하고 있으리라,

가는 곳마다
도시와 마을
마을과 어촌이
쑥대밭 되던 폭격,

제트기의 폭음
그때 우리들은 그걸
호주기라 불렀지,
오스트레일리아산이라던가,

또는 쌕쌕이라고도 불렀지,
소리도 없이
한쪽 하늘에서 나타나
땅을 뒤집고 사라질 때 그제서야
비행기 소리가 났지,

내 친구
철이 누난
부엌 앞에서 보리방아 찧다
날아갔어,

순이와
순이 엄만
콩밭 매다, 아름다운 코
흙에 박았지,

그 여름
우리들은 쫓겨다녔다,

사랑하고 싶은
사람들은 많이 있었지만
우리는 모른 체,
기껏 눈인사나
나누며 남으로 북

밀려다녔지,

곰나루,
왕진나루,
백강,
귀암나루,
맞바우,

사람은
비어 있고

대낮,

역사 없는
박물관 속,

오, 소리쳐도
들리지 않던
공간이여.

꿈속 같던
강나루, 사공은 어디 가고
빈 배만
온종일
철썩이던

강 언덕,

내,
부여안고
울었던 미루나무여.

그핸
가물었다, 해서
우리는 불달은 흰
모래밭,

옷 벗어
머리 이고
한 발 한 발
강물을 건넜지,

나의 등에
업혀 금강 건너던,
여름인데도 겨울 스웨터 입었던 네살짜리
서울 아가여, 그후, 엄만
찾았는지? 지금은 대학생?

천안 고개
호젓한 소롯길에서
우리 함께 붉은 까치밥

따 먹으며 피난길 걷던 노량진 소녀여
지금은 어디?


## 제26장

황폐한
땅에도 아침은 온다,
아득한 평야에 새벽이 열리면
어디서라 없이 들려오는 가벼운 휘파람 소리,

물 길어오는 아낙의 물동이 가에
반도의 아침이 열린다.

냇가에선
일찍 깬 물새가
강 언덕 인사를 보내며
이리저리 준비운동을 하고,

외양간에선
건장한 황소가 긴
심호흡을 한다,

진아는
아들을 낳았다,

복슬복슬한
아기 하늬,

금강의
흰 물굽이가 가물가물 내려다보이는 동혈산(銅穴山),
쉰 길 바위 아래 초가집, 사리원댁
할머니의 도움으로
꼬마 하늬가 방긋방긋
웃기 시작했다.

애정
쏟고 있는 여자의 얼굴은
벌어진 석류알처럼 피어나고
눈동자는 물먹은 별
습기 차게 빛난다,

자침(磁針)이
겨냥을 얻어
조금 흔들렸단 멎고
기둥 못을 뽑아 달아나려고 하듯,

넘칠 곳
찾던 저수지의 물이
터놓은 물꼬를 얻어

미친 듯 춤추며 휘말려가듯,

암전기가
수전기를 만나
힘을 규합하며 커다랗게
빛 발하듯,

사랑하고 있는
사람의 얼굴은 화안히 피어난다.

진아의 얼굴도
봄과 함께, 사랑과 행복으로
다습게 피어나기 시작했다,

하늘,
그렇다
햇빛이 준 아름다움일까,

옛날
하늬가 그랬었듯
꼬마 하늬의 탐스런 손목에서도
조그만 은방울 떠날 날
없었다.

아기 하늬

품에 안고 진아는 뜰에 앉아
골짜기 덮은 진달래
구경,
옆에선
하늬 어르며
뜨개질하는 사리원댁
할머니.

우리의
가슴 적시며
노래가 지나가듯

우리의
강산 디디며
비는 지나갔나,

비 먹은
진달래, 강산을 채워
일제히 진달래 마을로
피어나는데,

우리의
가슴마다
새 비 맞은 진달래 화창히
피어나는데,

진아는
품속의 하늬, 어르며
먼 금강 줄기
바라보다
머루알 깨물었다.

그러나
슬프진 않았다, 하늬는
진아의 전부, 전우주,
어디서 오는 걸까, 이 사랑
이 나른한 충족.

이제 고만.
진아의 이야긴 섭섭하지만
끝내련다,

다만
하늬가 남아 있다,
어떻게 됐을까, 계룡산 산마루에서 빛났던 그 정신,
그러나, 오늘까지
아무리 자료를 뒤져도
그에 관한 뒷소식
얻을 수 없다,

다만
젤 마음에 짚이는 이야기
하나.

곰나루 함성 뒤
석달 지난 다음해 정월
보름날,

서정리(西井里) 역에선
왕병과 왜군, 동네 토반, 유림 들이 합세
마을 농민 스물일곱명을
능지처참했다,

네마리의, 말 허리에 감겨진
쇠줄로 사지를 묶어
사방으로 달리게 채찍한다,

눈벌판 속
수십개의 모닥불 피워놓고
온종일 술잔 기울이며
베푸는 장님들의
피의 잔치,
북소리,
환호성.

어쩌자는 걸까,
바람버섯 찢는 걸까,

꽃노을
아름답게 물든 저녁나절
웬 낯선 청년 하나가 산에서 내려와
뚜벅뚜벅
형장의 중앙 향해
걸어들어갔다,

형리들의 손
뿌리치며.

그리고선
눈 위에 네 활개
펴고 드러누웠다,
이목구비가 수려한
사나이, 얼굴에
돋는 무지개.

어서
나, 찢으라고 말할 뿐
딴말이 없었다,

한쪽

손바닥에
덜 아문
흉터가 있었다.

네쪽으로
찢길 때도
떡이 찢기듯,
살덩이만 몸부림쳤을 뿐,
신음 소리 하나
없었다.


후화(後話)

　　1

밤 열한시 반
종로5가 네거리
부슬비가 내리고 있었다.

통금에
쫓기면서 대폿잔에
하루의 노동을 위로한 잡담 속
가시오판 옆
화사한 네온 아래

무거운 멜빵 새끼줄로 얽어맨
소년이, 나를 붙들고
길을 물었다,

충청남도 공주 동혈산, 아니면
전라남도 해남 땅 어촌 말씨였을까,

죄 없이 크고 맑기만 한
소년의 눈동자가
내 콧등 아래서 비에
젖고 있었다,

국민학교를
갓 나왔을까, 새로 사 신은
운동환 벗어 들고
바삐바삐 지나가는 인파에
밀리면서 동대문을
물었다,

등에 짊어진
푸대자루 속에선
먼 길 여행한 고구마가
고구마끼리 얼굴을 맞비비며
비에 젖고,

노동으로 지친
내 가슴에선 도시락 보자기가
비에 젖고 있었다,

나는
가로수 하나를 걷다
되돌아섰다,

그러나
노동자의 홍수 속에 묻혀
그 소년은 보이지 않았다.


　　2


1894년 3월
우리는
우리의 가슴 처음
만져보고, 그 힘에
놀라,
몸뚱이, 알맹이째 발라,
내던졌느니라.
많은 피 흘렸느니라.

1919년 3월

우리는
우리 가슴 성장하고 있음 증명하기 위하여
팔을 걸고, 얼굴
닦아보았느니라.
덜 많은 피 흘렸느니라.

1960년 4월
우리는
우리 넘치는 가슴덩이 흔들어
우리의 역사밭
쟁취했느니라.
적은 피 보았느니라.
왜였을까, 그리고 놓쳤느니라.

그러나
이제 오리라,
갈고 다듬은 우리들의
푸담한 슬기와 자비가
피 한 방울 흘리지 않고
우리 세상 쟁취해서
반도 하늘 높이 나부낄 평화.
낙지발에 빼앗김 없이,

우리 사랑밭에
우리 두레마을 심을, 아

찬란한 혁명의 날은
오리라,

겨울 속에서
봄이 싹트듯
우리 마음속에서
연정이 잉태되듯
조국의 가슴마다에서,
혁명, 분수 뿜을 날은
오리라.

그럼,
안녕,
안녕.

언젠가
또다시 만나지리라,
무너진 석벽(石壁), 쓰다듬고 가다가
눈인사로 부딪쳤을 때 우린
십 겁(刼)의 인연,

노동하고 돌아가는 밤
열한시의 합승 속, 혹, 모르고
발등 밟을지도 몰라,
용서하세요.

그럼
안녕,
안녕,

논길,
서해안으로 뻗은 저녁노을의
들길, 소담스럽게 결실한
붉은 수수밭 사잇길에서
우리의 입김은 혹
해후(邂逅)할지도
몰라.

# 제3부

# 신동엽전집

1975

# 새로 열리는 땅

하루 해
너의 손목 싸쥐면
고드름은 운하 못 미쳐
녹아버리고.

풀밭
부러진 허리 껴 건지다보면
밑둥 긴 폭포처럼
역사는 철철 흘러가버린다.

피 다순 쭉지 잡고
너의 눈동자 영(嶺) 넘으면
정전지구(停戰地區)는
바심하기 좋은 이슬 젖은 안마당

고동치는 젖가슴 뿌리 세우고
치솟은 삼림 거니노라면
초연(硝煙) 걷힌 밭두덕 가
새벽 열려라

[세계일보 1959년 11월 2일]

* 1부에 수록된 「완충지대」와 유사함.

# 향(香)아

향아 너의 고운 얼굴 조석으로 우물가에 비쳐이던 오래지 않은 옛날로 가자

수수럭거리는 수수밭 사이 걸쭉스런 웃음들 들려나오며 호미와 바구니를 든 환한 얼굴 그림처럼 나타나던 석양……

구슬처럼 흘러가는 냇물 가 맨발을 담그고 늘어앉아 빨래들을 두드리던 전설 같은 풍속으로 돌아가자

눈동자를 보아라 향아 회올리는 무지갯빛 허울의 눈부심에 넋 빼앗기지 말고
철 따라 푸짐히 두레를 먹던 정자나무 마을로 돌아가자 미끄덩한 기생충의 생리와 허식에 인이 배기기 전으로 눈빛 아침처럼 빛나던 우리들의 고향 병들지 않은 젊음으로 찾아가자꾸나

향아 허물어질까 두렵노라 얼굴 생김새 맞지 않는 발돋움의 흉낼랑 고만 내자
들국화처럼 소박한 목숨을 가꾸기 위하여 맨발을 벗고 콩바심하던 차라리 그 미개지에로 가자 달이 뜨는 명절 밤 비단치마를 나부끼며 떼 지어 춤추던 전설 같은 풍속으로 돌아가자

냇물 굽이치는 싱싱한 마음밭으로 돌아가자.

〔조선일보·1959년 11월 9일〕

# 싱싱한 동자(瞳子)를 위하여

도시에 밤은 나리고
벌판과 마을에
피어나는 꽃불

1960년대의 의지 앞에 눈은 나리고
인적 없는 토막(土幕)
강이 흐른다.

맨발로 디디고
대지에 나서라
하품과 질식 탐욕과 횡포

비둘기는 동해 높이 은가루 흩고
고요한 새벽 구릉 이룬 처녀지에
쟁기를 차비하라

문명 높은 어둠 위에 눈은 나리고
쫓기는 짐승
매어달린 세대(世代)

얼음 뚫고 새 흙 깊이 씨 묻어두자

새봄 오면 강산마다 피어날
칠흑 싱싱한 눈동자를 위하여.

〔교육평론·1960년 1월호〕

# 아사녀(阿斯女)


모질게도 높은 성(城)돌
모질게도 악랄한 채찍
모질게도 음흉한 술책으로
죄 없는 월급쟁이
가난한 백성
평화한 마음을 뒤보채어쌓더니

산에서 바다
읍에서 읍
학원(學園)에서 도시, 도시 너머 궁궐 아래.
봄 따라 왁자히 피어나는
꽃보래
돌팔매,

젊은 가슴
물결에 헐려
잔재주 부려쌓던 해늙은 아귀들은
그예 도망쳐 갔구나.

──애인의 가슴을 뚫었지?
　아니면 조국의 기폭(旗幅)을 쏘았나?

그것도 아니라면, 너의 아들의 학교 가는 눈동자 속에 총
알을 박아보았나?——

죽지 않고 살아 있었구나
우리들의 피는 대지와 함께 숨쉬고
우리들의 눈동자는 강물과 함께 빛나 있었구나.

4월 19일, 그것은 우리들의 조상이 우랄 고원에서 풀을 뜯으
며 양달진 동남아 하늘 고운 반도에 이주 오던 그날부터 삼한
(三韓)으로 백제로 고려로 흐르던 강물, 아름다운 치맛자락 매
듭 고운 흰 허리들의 줄기가 3·1의 하늘로 솟았다가 또다시
오늘 우리들의 눈앞에 솟구쳐오른 아사달(阿斯達) 아사녀의
몸부림, 빛나는 앙가슴과 물굽이의 찬란한 반항이었다.

물러가라, 그렇게
쥐구멍을 찾으며
검불처럼 흩어져 역사의 하수구 진창 속으로
흘러가버리려마, 너는.
오욕(汚辱)된 권세 저주받을 이름 함께.

어느 누가 막을 것인가

태백 줄기 고을고을마다 봄이 오면 피어나는
진달래·개나리·복사

알제리아 흑인촌에서
카스피 해 바닷가의 촌 아가씨 마을에서
아침 맑은 나라 거리와 거리
광화문 앞마당, 효자동 종점에서
노도(怒濤)처럼 일어난 이 새 피 뿜는 불기둥의
항거……
충천하는 자유에의 의지……

길어도 길어도 다함 없는 샘물처럼
정의와 울분의 행렬은
억겁(億劫)을 두고 젊음쳐 뒤를 이을지어니

온갖 영광은 햇빛과 함께,
소리치다 쓰러져간 어린 전사(戰士)의
아름다운 손등 위에 퍼부어지어라.

〔학생혁명시집·1960년 7월〕

# 별밭에

바람이 불어요
눈보라 치어요 강 건너선.

우리들의 마을
지금 한창
꽃다운 합창연습 숨 높아가고 있는데요.

바람이 불어요.
안개가 흘러요 우리의 발밑.

양달진 마당에선
지금 한창 새날의 신화 화창히
무르익어가고 있는데요.

노래가 흘러요
입술이 빛나요 우리의 강기슭.

별밭에선 지금 한창
영겁으로 문 열린 치렁 사랑이
빛나는 등불마냥
오손도손 이야기되며 있는데요.

〔성원(星苑) · 1962년 제3집〕

# 너는 모르리라

너는 모르리라
그날 내 왜
넋 나간 사람처럼 고가(古家) 앞
서 있었던가를

너는 모르리라
진달래 피면 내 영혼 속에
미치는 두마리
짐승의 울음

너는 모르리라
산을 열 굽이 넘고도
소경처럼 너만을 구심(求心)하는
해와 동굴과 내 사랑

너는 모르리라
문명 된 하늘 아래 손 넣고 광화문 뒷거리 걸으며
내 왜 역사 없다
벌레 삥…… 니까렸는가를

하여

넌 무덤 속 가서도 모를 것이다
너 안 보는 자리서
찬 돌 쓸어안으며
그 숱한 날 얼마나 통곡했는가

그리하여
넌 할미꽃 밑에서도 모를 것이다
그날 왜 내
눈물 먹은 네 진주에 손대지
안했는가를.
그리고 그것은 몰라야 쓴다.

〔경향신문 · 1962년 5월 27일〕

# 주린 땅의 지도(指導)원리

내 고향은 바닷가에 있었다.
인적 없는 폐가 열 굽이 돌아들면
배추꽃 핀 돌담, 쥐 쑤신 모녀
내 고향은 언덕 아래 있었다.

봄이 가고 여름이 오면 부황 든 보리죽
툇마루 아래 빈 토끼집엔, 어린 동생
머리 쥐어뜯으며
쓰러져 있었다.

선민(善民)들은 밀밭 가에 쫓겨 있는 토분(土墳)
조국 위를 쉬임 없이 궂은비는 나리고

자전거 탄 신사 날씨 좋은 팔월
이 마을 황톳길을 넘어오면
싸리문 앞엔 무표정한 납세고지서.

신식(新式)의 북새는 해마다 신록(新綠) 아래 있었고
붓깍지로 빼앗긴 사천만의 가슴
행복은 멀리 몇 뿌리의 도시탑 위
곪아 있었다.

오늘도 광화문 앞마당
고등식(高等食)을 배불린 해외족(海外族)의
마이크 연설.

몽고(蒙古)에의 여공(女貢)도, 청조(淸朝)에의 대배(大拜)도
공항(空港)으로 집결된
새 시대의 봉건영주.

여보세요 아사녀(阿斯女). 당신이나 나나 사랑할 수 있는 길
은 가차운데 가리워져 있었어요.
말해볼까요. 걷어치우는 거야요. 우리들의 포동 흰 알살을
덮은 두드러기며 딱지며 면사포며 낙지발들을 면도질해버리
는 거야요. 땅을 갈라놓고 색칠하고 있은 건 전혀 그 흡반족
(吸盤族)들뿐의 탓이에요. 면도질해버리는 거야요. 하고 제주
에서 두만까질 땅과 백성의 웃음으로 채워버리면 돼요.
누가 말리겠어요. 젊은 아사달(阿斯達)들의 아름다운 피꽃
으로 채워버리는데요.

그래서 과녁을 낮추자 얘기해왔던 거야요. 사월에 맞은 건
모자(帽子), 모자뿐 날아갔어요. 심장이, 허지만 둥치가 성성

352

하군요. 보세요 다시 떠들기 시작하는 저 소리들. 오백년 붙어 살던 궁전은 그대로 무슨 청인가로 살아 있어요. 잇달은 벼슬아치들의 중앙탑에의 행렬이 곤두서 볼만쿤요. 겨냥을 낮추자는 얘기예요. 모자가 아니라 겨드랑이 아니라 아랫도리를 뻗어야 되겠다는 거야요.

  비로소, 허면 두 코리아의 주인은 우리가 될 거야요. 미워할 사람은 아무 데도 없었어요. 그들끼리 실컷 미워하면 되는 거야요. 아사녀와 아사달은 사랑하고 있었어요. 무슨 터도 무슨 보루(堡壘)도 소제(掃除)해버리세요. 창칼은 구워서 호미나 만들고요. 담은 헐어서 토비(土肥)로나 뿌리세요.
  비로소, 우리들은 만방에 선언하려는 거야요. 아사달 아사녀의 나란 완충(緩衝), 완충이노라고.

  내 고향은 바닷가에 있었다.
  고기도 없는 바다
  열 굽이 돌아들면 물 쑤신 할머니.

  그것은 산이었다.
  노루 없는 산
  벌거벗은 내 고향 마을엔

봄, 가을, 여름, 가난과 학대만이 나부끼고 있었다.

한강 백사장
동학전쟁 삼베 구름떼
전신주 밑 파헤쳐보아도

하와이에도 만리장성 성돌 밑에도
남양군도(南洋群島) 밀짚모자 아래에도, 없었다.
이백만을 생매장해보아도
사랑과 에미의 가슴 총알 속 쓸어넣어보아도
미쳐보아도.

투표에도, 연설에도,
무슨무슨 주의(主義)에도
시원한 바람, 부드러운 봉황은
나타나주지 않았다.

억울하게
체념만 하고 살아가는
나의 땅 조국아.
긴 금강(錦江)

나의 사랑
나의 역사여.

언젠가
우리들의 지성(知性) 높은 몸부림
푸른 대지를 채울 날은……

호미 쥔 손에서
쟁기 미는 자세에서
역사밭을 갈고
뒤엎어서
씨 뿌릴
그래서 그것이 백성만의 천지가 될……

하여,
등덜미 붙어사는 기생족(寄生族)들의 귀족 습성.

진화론적 악종의 빈대, 빈대.
아랫도리를 후려서 면도를 밀면,
이젠 살아남은 살꽃으로 너와 나
입술을 부비고.

내 고향은 바닷가에 있었다.
굶어 죽은 누더기
오백년 매달린
내 사랑하는 조국은 벌거벗은 황토.

살림이며
역사며
귀부인은 항시
중앙궁성 높은
대감집 위에서만 영화(榮華)되고 있었다.

〔사상계 · 1963년 11월호〕

# 기계(機械)야

아서란 말일세. 평화한 남의 무덤을 파면 어떡해, 전원(田
園)으로 가게, 전원 모자라면 저 숱한 산맥 파내리게나.

고요로운 바다 나비도 날으잖는 봄날 노오란 공동묘지에 소
시랑 곤두세우고 점령기(旗) 디밀어오면 고요로운 바다 나비
도 날으잖는 꽃살 이부자리가 예의가 되겠는가 말일세.

아서란 말일세. 잠자는 남의 등허릴 파면 어떡해. 논밭으로
가게 논밭 모자라면 저 숱한 산맥, 태백 티베트 파미르 고원으
로 기어오르게나. 하늘 천만개의 삽으로 퍽퍽 파헤쳐보란 말
일세.

아서란 말일세. 흰 젖가슴의 물결치는 거리, 소시랑 씨근대
고 다니면, 불쌍한 기계야 경치(景致)가 되겠는가 말일세.
간밤 평화한 나의 조국에 기어들어와 사보텐 심거놓고 간
자 나의 어깨 위에서 사보텐 뽑아가란 말일세.

정배기에 소나무 꽂고 행진하는 자 그대는 대지(垈地)인가?
새파란 나이야 풀씨 물고 숫제 초원으로 달아나버리게.

그러기 아서란 말이시네. 경치가 아니시네. 엉덩이에 기념

탑 심거지면 기껏, 그거냔 말일세.

　무너져버리게. 어제까지의 땅 삽으로 질러 바닷속 무너 느버리고 숫제 바다로 쏟아져버리게.


　고요로운 바다 나비도 날으잖는 봄날 공동묘지에 소시랑 곤두세우고 점령기 디밀어오면

　다시는 그런 버르장머리, 다시는 분질러놓고 말겠단 말일세.

〔시단·1963년〕

# 진이(眞伊)의 체온

싸락눈이 날리다 멎은 일요일.
북한산성 길 돌 틈에 피어난
들국화 한 송일 구경하고 오다가,

샘터에서 살얼음을 쪼개고 물을 마시는데
눈동자가, 그 깊고 먼 눈동자가,
이 찬 겨울 천지 사이에서 나를 들여다보고 있더라.

또 어느날이었던가. 광화문 네거리를 거닐다 친구를 만나
손목을 잡으니 자네 손이 왜 이리 찬가 묻기, 빌딩만 높아가고
물가만 높아가고 하니 아마 그런가베 했더니 지나가던 낯선
여인이 여우목도리 속에서 웃더라.

나에게도 고향은 있었던가. 은실 금실 휘황한 명동(明洞)이
아니어도, 동지(冬至)만 지나면 해도 노루 꼬리만큼씩은 길어
진다는데 금강 연안 양지쪽 흙마루에서 새순 돋은 무를 다듬
고 계실 눈 어둔 어머님을 위해 이 세모(歲暮)엔 무엇을 마련
해보아야 한단 말일까.

문경새재 산막(山幕) 곁에 흰떡 구워 팔던 그 유난히 눈이 맑
던 피난(避難) 소녀도 지금쯤은 누구 그늘에선가 지쳐 있을 것.

꿀꿀이죽을 안고 나오다 총에 쓰러진 소년, 그 소년의 염원이 멎어 있는 그 철조망 동산에도 오늘 해는 또 얼마나 다습게 그 옛날 목화단 말리던 아낙네 입술들을 속삭여 빛나고 있을 것인가.

어드메선가 세모의 아침이 열리고 있을 것이다.
화담(花潭)선생의 겨울을 그리워 열두 폭 치마 아무려 여미던 진이의 체온으로, 그 낭만들이 뿌려진 판문점 근처에도
아직 경의선은 소생되지 못했지만
서서히 서리 아침이 열리고 있을 것이다.

조용히 한강 기슭이라도 산책하련다. 이 세모에 어느날이었던가. 비밀의 연인끼리 인천 바다 언덕 잔디밭에 불을 질러놓고 오버깃 세워 팔짱 끼던 그 말 없던 표정들처럼.
나도 먼 벌판을 조용히 산책이나 하며 김 서린 한해 상처들이나 생각해보아야지……

〔동아일보·1964년 12월 19일〕

# 응

응 그럴 걸세, 얘기하게
응 그럴 걸세
응 그럴 걸세
응, 응,
응 그럴 수도 있을 걸세.
응 그럴 수도 있을 걸세.
응, 아무렴
그렇기도 할 걸세
그녀이나, 암, 그녀이나
응, 그래, 그럴 걸세
응 그럼, 그렇기도 할 걸세.
허,
더 하게!

〔시단·1965년〕

# 삼월

오늘은 바람이 부는데,
하늘을 넘어가는 바람
더러움 역겨움 건드리고
내게로 불어만 오는데,

음악실 문 앞,
호주머니 뒤지며
멍멍 서 있으면

양주 쓰레기통 속
구두통 멘 채
콜타르칠이 걸어온다.

배는 고파서 연인 없는 봄.
문 닫은 사무실 앞
오원짜리 국수로 끼니 채우면
그래도 콧등은 간지러운
코리아.

제주로 갈거나
사월이 오기 전

갯벌로 갈거나, 가서
복쟁이 알이나
주워 먹어볼거나.

바람은 부는데,
꽃피던 역사의 살은
흘러갔는데,
폐촌(廢村)을 남기고 기름을
빨아가는 고층(高層)은 높아만 가는데.

말 없는 내 형제들은
광화문 창 밑, 고개 숙이고
지나만 가는데.

오원짜리 국수로 끼니 채우고
사직공원 벤치 위
하루 낮을 보내노라면
압록강 철교 같은 소리는
들려오는데.

바다를 넘어

오만은 점점 거칠어만 오는데
그 밑구멍에서 쏟아지는
찌꺼기로 코리아는 더러워만 가는데.

나만이 아닌데
쭉지 잡히고
아사(餓死)의 깊은 대사관 앞
걸어가는 행렬은
나만이 아닌데.

이젠
안심하고 디딜 한평의 땅도
없는데
지붕마다
전략(戰略)은 번식해만 가는데.

버스정류장 앞
호주머니 뒤지며
멍멍 서 있으면

늘메기 울음 같은

아사녀의 봄은
말없이 고개 숙이고 지나만 가는데.

동학(東學)이여. 동학이여.
금강의 억울한 흐름 앞에
목 터진, 정신이여
때는 아직도 미처 못다 익었나본데

소백(小白)으로 갈거나
사월이 오기 전,
야산으로 갈거나
그날이 오기 전, 가서
꽃창이나 깎아보며 살거나.

〔현대문학·1965년 5월호〕

# 초가을

그녀는 안다
이 서러운
가을
무엇하러
또 오는 것인가……

기다리고 있었다
네모진 궤상(机上) 앞
초가을 금풍(金風)이
살며시
선보일 때,

그녀의 등허리선
풀 먹인
광목 날
앉아 있었다.

아, 어느새
이 가을은
그녀의 마음 안
들여다보았는가.

덜 여문 사람은
익어가는 때,
익은 사람은
서러워하는 때.

그녀는 안다.
이 빛나는
가을
무엇하러
반도의 지붕 밑, 또
오는 것인가……

〔사상계 · 1965년 10월호〕

# 발

백화점 층계를
비 뿌리는 오후, 내려오던 다리.

스커트 속을
한가한 미풍(微風)은 왕래하고 있었지만
깜장 힐 위 중력을 주면서
가벼운 오뇌 속삭이고 있었다.

언제부터 시작되어
너희들의, 걸음은
어데까지 가고 있는 걸까.

희끗희끗 눈발 날릴 때
중학교 원서 접수시키러 구멍가게 골목
종종치던 종아리.

송화강(松花江) 끝에서도 왔다
구름 같은 흙먼지,
아세아 대륙 누우런 벌판을
군화 묶고 행진하던 발과 다리,
지금은 어데 갔을까.

꽃 피는 남국(南國)
부드러운 모래밭 해안에 배가 닿으면
부지런히 신무기를 싣고 뛰어내리던
이유 없는 발톱.

보리밭을 밟고 있었다,
물방아 위에도 있었다,
해수욕장에선
그 싱싱한 허벅다리 사이로
태양이 지고.

깎아놓은 유리창 위 비는 내리고
넘치는 가슴덩이
찰떡같이 몸부림은 흐느낄 때,
노래하고 싶었다.
뱀같이, 열반(涅槃)같이, 경련하다 급기야
나른하게 죽어 뻗던 그 흰 다리.

다리,
너를 보면

빛나는 여름
우렛소리 들으며 산맥을 넘던
낭만,

나리꽃 동산에 전쟁은 가고
채소밭 가운데 섰던
국적 모를, 두개의 무릎뼈에도
눈은 없었다.

어머니를 불렀지.
집행장 문 앞
엉버티었지, 안 가겠다고
있는 힘 다하여 안간힘 하며
마지막 땀 흘리던
연약한 다리여.

밀회(密會)도 실어 날랐지,
착취로 기름진 아랫배,
음모로 반짝이던 골통들도 실어 날랐지,
그리고 눈은 없어도
링 위에선 멋있게 그놈의 턱을 걸어찼다.

다들 남의 등 어깨 위로 올라갔지만
아직 너만은 땅을 버리지 못했구나
넌 우리네 조국
넌 하층구조
내 한(恨)을 실어오고 또 실어간다.

백악관 귀빈실 주단 위에도 있었어,
대영제국 궁전 금의자 아래에도 있었어,
종로3가 창녀(娼女) 아랫목에도 있었지,
발바닥
코 없는 너를 보면
눈물이 날밖에.

강산은 좋은데
이쁜 다리들은 털 난 달러들이
다 자셔놔서 없다.

일어서야지,
양말 신은 발톱 흉물 떨고 와
논밭 위 세워논, 억지 있으면

비벼 꺼야지,
열번 부러져도 그 사랑
발은 다시 일으켜 세우기 위하여 있는 것,
발은 인류에의 길
멎고 멎음을 증명하기 위하여 있는 것,
다리는, 절름거리며 보리수 언덕 그 미소(微笑)를 찾아가려
나왔다.

다시 전화(戰火)는 가고
쓰러진 폐허
함박눈도 쏟아지는데
어데서 나왔을까, 너는 또
뚜벅뚜벅 걸어오고 있었다.

〔현대문학·1966년 3월호〕

# 사월은 갈아엎는 달

내 고향은
강 언덕에 있었다.
해마다 봄이 오면
피어나는 가난.

지금도
흰 물 내려다보이는 언덕
무너진 토방 가선
시퍼런 풀줄기 우그려넣고 있을
아, 죄 없이 눈만 큰 어린것들.

미치고 싶었다.
사월이 오면
산천은 껍질을 찢고
속잎은 돋아나는데,
사월이 오면
내 가슴에도 속잎은 돋아나고 있는데,
우리네 조국에도
어느 머언 심저(心底), 분명
새로운 속잎은 돋아오고 있는데,

미치고 싶었다.
사월이 오면
곰나루서 피 터진 동학의 함성,
광화문서 목 터진 사월의 승리여.

강산을 덮어, 화창한
진달래는 피어나는데,
출렁이는 네 가슴만 남겨놓고, 갈아엎었으면
이 균스러운 부패와 향락의 불야성 갈아엎었으면
갈아엎은 한강 연안에다
보리를 뿌리면
비단처럼 물결칠, 아 푸른 보리밭.

강산을 덮어 화창한 진달래는 피어나는데
그날이 오기까지는, 사월은 갈아엎는 달.
그날이 오기까지는, 사월은 일어서는 달.

〔조선일보·1966년 4월 3일〕

# 산에도 분수(噴水)를

산에도 들에도 분수를.
농촌에도 도시에도 분수를.

태양 쏟아지는 반도의 하늘, 사시사철 시원한
의지(意志), 무지개 돋게.
산에도 들에도 분수를.
목장지대 우거지고 남북평야 기름지게.
속 시원히 낡은 것 밀려가고 외세도 근접 못하게,
태백산 지맥(地脈) 속서 솟는 지하수로 수억만개의 분수 터
놨으면.

농어촌에도 김포공항에도 분수 치솟았으면.
침략도 착취도 발 못 붙이게.
반도를 가로지른 가시줄, 씻겨가버리게,

우리의 머리마다 속 시원한 분수.

〔신동아 · 1966년 11월호〕

# 담배연기처럼

들길에 떠가는 담배연기처럼
내 그리움은 흩어져갔네.

사랑하고 싶은 사람들은
많이 있었지만
멀리 놓고
나는 바라보기만
했었네.

들길에 떠가는
담배연기처럼
내 그리움은 흩어져갔네.

위해주고 싶은 가족들은
많이 있었지만
어쩐 일인지?
멀리 놓고 생각만 하다
말았네.

아, 못다 한
이 안창에의 속상한

두레박질이여.

사랑해주고 싶은 사람들은
많이 있었지만
하늘은 너무 빨리
나를 손짓했네.

언제이던가
이 들길 지나갈 길손이여

그대의 소매 속
향기로운 바람 드나들거든
아파 못다 한
어느 사내의 숨결이라고
가벼운 눈인사나,
보내다오.

[한글문학 · 1966년 겨울호]

# 껍데기는 가라

껍데기는 가라.
사월도 알맹이만 남고
껍데기는 가라.

껍데기는 가라.
동학년(東學年) 곰나루의, 그 아우성만 살고
껍데기는 가라.

그리하여, 다시
껍데기는 가라.
이곳에선, 두 가슴과 그곳까지 내논
아사달 아사녀가
중립(中立)의 초례청 앞에 서서
부끄럼 빛내며
맞절할지니

껍데기는 가라.
한라에서 백두까지
향그러운 흙가슴만 남고
그, 모오든 쇠붙이는 가라.

[52인시집 · 1967년]

# 창가에서

창가에 서면 앞집 담 너머로
버들잎 푸르다. 뉘집 굴뚝에선
가 저녁 짓는 연기 퍼져오
고, 이슬비는 온종일 도시 위
절름거리고 있다. 석간(夕刊)을 돌리
는 소년은 지금쯤 어느 골목쟁
이를 서둘고 있을까.

바람에 잘못 쫓긴 이슬방울
하나가 내 콧잔등에 와 앉
는다. 부연 안개 너머로 남산(南山)
전등 불빛이 빛무리 져 보인다.
무얼 보내신 이가 있을까. 그
리고 무언 정말 땅으로만 가는
것일까. 정말 땅은 우리 모두
의 열반일까.

창가에 서면 두부 한 모 사가지
고 종종걸음 치는 아낙의 치맛자
락이 나의 먼 시간 속으로 묻힌다.

〔자유공론 · 1967년 4월호〕

* 이 시는 『신동엽전집』(창작과비평사 1975)에 직사각 형태로 정렬해 수
  록되어 있다. 행갈이된 원문을 확인하지 못해 발표지면의 편집상태를
  그대로 따른 것으로 짐작된다.

# 종로5가

이슬비 오는 날.
종로5가 서시오판 옆에서
낯선 소년이 나를 붙들고 동대문을 물었다.

밤 열한시 반,
통금에 쫓기는 군상(群像) 속에서 죄 없이
크고 맑기만 한 그 소년의 눈동자와
내 도시락 보자기가 비에 젖고 있었다.

국민학교를 갓 나왔을까.
새로 사 신은 운동환 벗어 품고
그 소년의 등허리선 먼 길 떠나온 고구마가
흙 묻은 얼굴들을 맞부비며 저희끼리 비에 젖고 있었다.

충청북도 보은 속리산, 아니면
전라남도 해남 땅 어촌 말씨였을까.
나는 가로수 하나를 걷다 되돌아섰다.
그러나 노동자의 홍수 속에 묻혀 그 소년은 보이지 않았다.

그렇지.
눈녹이 바람이 부는 질척질척한 겨울날,

종묘(宗廟) 담을 끼고 돌다가 나는 보았어.
그의 누나였을까.
부은 한쪽 눈의 창녀가 양지쪽 기대앉아
속내의 바람으로, 때 묻은 긴 편지 읽고 있었지.

그리고 언젠가 보았어.
세종로 고층건물 공사장,
자갈지게 등짐하던 노동자 하나이
허리를 다쳐 쓰러져 있었지.
그 소년의 아버지였을까.
반도의 하늘 높이서 태양이 쏟아지고,
싸늘한 땀방울 뿜어낸 이마엔 세 줄기 강물.
대륙의 섬나라의
그리고 또 오늘 저 새로운 은행국(銀行國)의
물결이 뒹굴고 있었다.

남은 것은 없었다.
나날이 허물어져가는 그나마 토방 한 칸.
봄이면 쑥, 여름이면 나무뿌리, 가을이면 타작마당을 휩쓰
는 빈 바람.
변한 것은 없었다.

이조(李朝) 오백년은 끝나지 않았다.

옛날 같으면 북간도라도 갔지.
기껏해야 버스길 삼백리 서울로 왔지.
고층건물 침대 속 누워 비료 광고만 뿌리는 거머리 마을,
또 무슨 넉살 꾸미기 위해 짓는지도 모를 빌딩 공사장,
도시락 차고 왔지.

이슬비 오는 날,
낯선 소년이 나를 붙들고 동대문을 물었다.
그 소년의 죄 없이 크고 맑기만 한 눈동자엔 밤이 내리고
노동으로 지친 나의 가슴에선 도시락 보자기가
비에 젖고 있었다.

〔동서춘추·1967년 6월호〕


*『금강』(후화)에 일부가 삽입됨.

# 봄은

봄은
남해에서도 북녘에서도
오지 않는다.

너그럽고
빛나는
봄의 그 눈짓은,
제주에서 두만까지
우리가 디딘
아름다운 논밭에서 움튼다.

겨울은,
바다와 대륙 밖에서
그 매운 눈보라 몰고 왔지만
이제 올
너그러운 봄은, 삼천리 마을마다
우리들 가슴속에서
움트리라.

움터서,
강산을 덮은 그 미움의 쇠붙이들

눈 녹이듯 흐물흐물
녹여버리겠지.

〔한국일보 · 1968년 2월 4일〕

# 수운(水雲)이 말하기를

수운이 말하기를,
슬기로운 가슴은 노래하리라
맨발로 삼천리 누비며
감꽃 피는 마을
원추리 피는 산길
맨주먹 맨발로
밀알을 심으리라.

수운이 말하기를
한울님은 콩밭과 가난
땀 흘리는 사색 속에 자라리라.
바다에서 조개 따는 소녀
비 개인 오후 미도파 앞 지나는
쓰레기 줍는 소년
아프리카 매 맞으며
노동하는 검둥이 아이,
오늘의 논밭 속에 심거진
그대들의 눈동자여, 높고 높은
한울님이어라.

수운이 말하기를

강아지를 한울님으로 섬기는 자는
개에 의해
은행(銀行)을 한울님으로 섬기는 자는
은행에 의해
미움을 한울님으로 섬기는 자는
미움에 의해 멸망하리니,
총 쥔 자를 불쌍히 여기는 자는
그, 사랑에 의해 구원받으리라.

수운이 말하기를
한반도에 와 있는 쇠붙이는
한반도의 쇠붙이가 아니어라
한반도에 와 있는 미움은
한반도의 미움이 아니어라
한반도에 와 있는 가시줄은
한반도의 가시줄이 아니어라.

수운이 말하기를,
한반도에서는
세계의 밀알이 썩었느니라.

〔동아일보 · 1968년 6월 27일〕

# 술을 많이 마시고 잔 어젯밤은

술을 많이 마시고 잔
어젯밤은
자다가 재미난 꿈을 꾸었지.

나비를 타고
하늘을 날아가다가
발아래 아시아의 반도
삼면에 흰 물거품 철썩이는
아름다운 반도를 보았지.

그 반도의 허리, 개성에서
금강산 이르는 중심부엔 폭 십리의
완충지대, 이른바 북쪽 권력도
남쪽 권력도 아니 미친다는
평화로운 논밭.

술을 많이 마시고 잔 어젯밤은
자다가 참
재미난 꿈을 꾸었어.

그 중립지대가

요술을 부리데.
너구리 새끼 사람 새끼 곰 새끼 노루 새끼 들
발가벗고 뛰어노는 폭 십리의 중립지대가
점점 팽창되는데,
그 평화지대 양쪽에서
총부리 마주 겨누고 있던
탱크들이 일백팔십도 뒤로 돌데.

하더니, 눈 깜박할 사이
물방개처럼
한 떼는 서귀포 밖
한 떼는 두만강 밖
거기서 제각기 바깥 하늘 향해
총칼들 내던져버리데.

꽃 피는 반도는
남에서 북쪽 끝까지
완충지대,
그 모오든 쇠붙이는 말끔히 씻겨가고
사랑 뜨는 반도,
황금이삭 타작하는 순이네 마을 돌이네 마을마다

높이높이 중립의 분수는
나부끼데.

술을 많이 마시고 잔
어젯밤은 자면서 허망하게 우스운 꿈만 꾸었지.

〔창작과비평 · 1968년 여름호〕

# 보리밭

건, 보리밭서
강의 물결 타고
거슬러올라가던 꿈이었지.

아무도 모를 무섬이었지
우리네 숨가쁜 몸짓은.

사랑하던 사람들은
기(旗)를 꽂고 달아나버리었나,

버스 속선 검정구두 빛났고
우리 둘은 아무것도 가진 것이 없었지.

그건, 보리밭서
강의 물결을 타고 거슬러
올라가던 꿈이었지.

너의 눈동자엔
북부여(北扶餘) 달빛
젖어 떨어지고,

조상 적 사냥 다니던
태백 줄기 옹달샘 물맛,
너의 입술 안에 담기어 있었지.

네 몸양은 내 안에
보리밭과 함께
살아 움직이고,

맨몸 채, 뙤약볕 아래
서해바다로 들어가던
넌 칡순 같은 짐승이었지.

〔창작과비평 · 1968년 여름호〕

# 여름 이야기

팔월의 하늘에는
구름도 없고
바람 부는 가로수,
피난 가는 내 소녀는
영어를 알고
있었지.

나무깨 끄을며
절길 오른
바랑,
산골길 칠백리엔
이마 훔치던
원효선사.

원두막 밑에선 미국 간 아들
편질 읽으며 칠순 할아버지가
사관침 장죽에 쑥을 버무려 넣고
있었지.

패랭이 달린
황토 언덕
제트편대가

강을 울리면
배꼽 내논 아해들은
풀뿌리 씹으며
구경을 하고.

마(馬), 진(辰) 사람네
조개무덤 쌓던
댕댕이넌출 고을엔
수평 멀리
함성 소리만
불 질려 오른다.

꽃신 놓인 토방
놋거울은 닳고,
콩밭 매는 뒤꼍
황진이 숲 속선
땅 즐겁게
멍석딸기가
익고
있었다.

〔창작과비평·1968년 여름호〕

# 그 사람에게

아름다운
하늘 밑
너도야 왔다 가는구나
쓸쓸한 세상세월
너도야 왔다 가는구나.

다시는
못 만날지라도 먼 훗날
무덤 속 누워 추억하자,
호젓한 산골길서 마주친
그날, 우리 왜
인사도 없이
지나쳤던가, 하고.

〔창작과비평·1968년 여름호〕

# 고향

하늘에
흰 구름을 보고서
이 세상에 나온 것들의
고향을 생각했다.

즐겁고저
입술을 나누고
아름다웁고저
화장칠해 보이고,

우리,
돌아가야 할 고향은
딴 데 있었기 때문……

그렇지 않고서
이 세상이 이렇게
수선스럴
까닭이 없다.

〔창작과비평 · 1968년 여름호〕

# 여름 고개

산고개 가는 길에
개미는 집을 짓고
움막도 심심해라

풋보리 마을선
누더기 냄새
살구나무 마을선
시절 모를 졸음

산고개 가는 길엔
솔이라도 씹어야지
할멈이라도 반겨야지

〔신동아 · 1968년 8월호〕

# 산문시(散文詩) 1

　스칸디나비아라던가 뭐라구 하는 고장에서는 아름다운 석
양 대통령이라고 하는 직업을 가진 아저씨가 꽃리본 단 딸아
이의 손 이끌고 백화점 거리 칫솔 사러 나오신단다. 탄광 퇴근
하는 광부들의 작업복 뒷주머니마다엔 기름 묻은 책 하이데거
러쎌 헤밍웨이 장자(莊子) 휴가여행 떠나는 국무총리 서울역
삼등대합실 매표구 앞을 뙤약볕 흡쓰며 줄지어 서 있을 때 그
걸 본 서울역장 기쁘시겠소라는 인사 한마디 남길 뿐 평화스
러이 자기 사무실 문 열고 들어가더란다. 남해에서 북강까지
넘실대는 물결 동해에서 서해까지 팔랑대는 꽃밭 땅에서 하늘
로 치솟는 무지갯빛 분수 이름은 잊었지만 뭐라군가 불리우는
그 중립국에선 하나에서 백까지가 다 대학 나온 농민들 트럭
을 두대씩이나 가지고 대리석 별장에서 산다지만 대통령 이름
은 잘 몰라도 새 이름 꽃 이름 지휘자 이름 극작가 이름은 훤
하더란다 애당초 어느 쪽 패거리에도 총 쏘는 야만엔 가담치
않기로 작정한 그 지성(知性) 그래서 어린이들은 사람 죽이는
시늉을 아니하고도 아름다운 놀이 꽃동산처럼 풍요로운 나라,
억만금을 준대도 싫었다 자기네 포도밭은 사람 상처 내는 미
사일기지도 탱크기지도 들어올 수 없소 끝끝내 사나이나라 배
짱 지킨 국민들, 반도의 달밤 무너진 성터 가의 입맞춤이며 푸
짐한 타작 소리 춤 사색(思索)뿐 하늘로 가는 길가엔 황토빛
노을 물든 석양 대통령이라고 하는 직함을 가진 신사가 자전

398

거 꽁무니에 막걸리병을 싣고 삼십리 시골길 시인의 집을 놀러 가더란다.

〔월간문학·1968년 11월 창간호〕

# 누가 하늘을 보았다 하는가

누가 하늘을 보았다 하는가
누가 구름 한 송이 없이 맑은
하늘을 보았다 하는가.

네가 본 건, 먹구름
그걸 하늘로 알고
일생을 살아갔다.

네가 본 건, 지붕 덮은
쇠항아리,
그걸 하늘로 알고
일생을 살아갔다.

닦아라, 사람들아
네 마음속 구름
찢어라, 사람들아,
네 머리 덮은 쇠항아리.

아침저녁
네 마음속 구름을 닦고

티 없이 맑은 영원의 하늘
볼 수 있는 사람은
외경(畏敬)을
알리라

아침저녁
네 머리 위 석항아릴 찢고
티 없이 맑은 구원(久遠)의 하늘
마실 수 있는 사람은

연민을
알리라
차마 삼가서
발걸음도 조심
마음 아무리며.

서럽게
아 엄숙한 세상을
서럽게
눈물 흘려

살아가리라
누가 하늘을 보았다 하는가,
누가 구름 한 자락 없이 맑은
하늘을 보았다 하는가.

〔고대문화 · 1969년 5월〕

*『금강』(9장)에 일부가 삽입됨.

# 조국

화창한
가을, 코스모스 아스팔트 가에 몰려나와
눈먼 깃발 흔든 건
우리가 아니다
조국아, 우리는 여기 이렇게 금강 연변
무를 다듬고 있지 않은가.

신록 피는 오월
서부 사람들의 은행(銀行) 소리에 홀려
조국의 이름 들고 진주(眞珠) 코걸이 얻으러 다닌 건
우리가 아니다
조국아, 우리는 여기 이렇게
꿋꿋한 설악(雪嶽)처럼 하늘을 보며 누워 있지 않은가.

무더운 여름
불쌍한 원주민에게 총 쏘러 간 건
우리가 아니다
조국아, 우리는 여기 이렇게
쓸쓸한 간이역 신문을 들추며
비통 삼키고 있지 않은가.

그 멀고 어두운 겨울날
이방인들이 대포 끌고 와
강산의 이마 금 그어놓았을 때도
그 벽(壁) 핑계 삼아 딴 나라 차렸던 건
우리가 아니다
조국아, 우리는 꽃 피는 남북평야에서
주림 참으며 말없이
밭을 갈고 있지 않은가.

조국아
한번도 우리는 우리의 심장
남의 발톱에 주어본 적
없었나니

슬기로운 심장이여,
돌 속 흐르는 맑은 강물이여.
한번도 우리는 저 높은 탑 위 왕래하는
아우성 소리에 휩쓸려본 적
없었나니.

껍질은,

껍질끼리 싸우다 저희끼리
춤추며 흘러간다.

비 오는 오후
버스 속서 마주쳤던
서러운 눈동자여, 우리들의 가슴 깊은 자리 흐르고 있는
맑은 강물, 조국이여.
돌 속의 하늘이여.
우리는 역사의 그늘
소리 없이 뜨개질하며 그날을 기다리고 있나니.

조국아,
강산의 돌 속 쪼개고 흐르는 깊은 강물, 조국아.
우리는 임진강변에서도 기다리고 있나니, 말없이
총기로 더럽혀진 땅을 빨래질하며
샘물 같은 동방(東方)의 눈빛을 키우고 있나니.

[월간문학·1969년 6월호]

# 영(影)

버스에 오르면 흔들리는 재미에
하루를 산다.
겨울이 가고 봄이 와도
먹먹한 가슴 굳어만 갈 뿐
나타나줄 것 같은
비가 내리는
어둔 저녁에도
너는 없었다.
대폿집 앞에 서면
부서지고 싶은 대가리
대가리를 흔들면서
전찻길을 건넌다.

댕그랑 땡
미친 가슴처럼
아스팔트 바닥에 쏟아지는
통쾌한 중량(重量)의 동전닢
버스에 오르면 울고 싶은 재미에
하루를 산다.
너는 말할 것이다,
돌아가라, 돌아가라고.

그러면서도
너는 내 눈을 지켜보며
떠나지 않는 것이다.

비는 내리는데
숙명처럼
나는 널 생각하고
고뇌의 심연에
빠져 버둥이는
내 눈을 너는
연민으로 내려다보고 있을 것이다.
차라리 떠나라,
아니면 함께 빠져주든가.
가로수에 잎이 트면
그리고 보리 이랑이
강과 마을을 물들이면
나는 떠나갈 것이다.

〔현대문학 · 1969년 8월호〕

# 서울


초가을, 머리에 손가락빗질하며
남산에 올랐다.
팔각정에서 장안을 굽어보다가
갑자기 보리씨가 뿌리고 싶어졌다.
저 고층건물들을 갈아엎고 그 광활한 땅에
보리를 심으면 그 이랑이랑마다 얼마나 싱싱한
곡식들이 사시사철 물결칠 것이랴.

서울 사람들은
벼락이 무서워
피뢰탑을 높이 올리고 산다.

내일이라도 한강 다리만 끊어놓으면
열흘도 못 가 굶어 죽을
특별시민들은
과연 맹목기능자(盲目技能子)이어선가
도열병약(稻熱病藥) 광고며, 비료 광고를
신문에 내놓고 점잖다.

그날이 오기까지는 끝이 없을 것이다.
숭례문 대신에 김포의 공항

화창한 반도의 가을 하늘
월남으로 떠나는 북소리
아랫도리서 목구멍까지 열어놓고
섬나라에 굽실거리는 은행(銀行) 소리

조국아 그것은 우리가 아니었다.
우리는 여기 천연히 밭 갈고 있지 아니한가.

서울아, 너는 조국이 아니었다.
오백년 전부터도,
떼내버리고 싶었던 맹장(盲腸)

그러나 나는 서울을 사랑한다
지금쯤 어디에선가, 고향을 잃은
누군가의 누나가, 19세기적인 사랑을 생각하면서

그 포도송이 같은 눈동자로, 고무신 공장에
다니고 있을 것이기 때문에.

그리고 관수동 뒷거리
휴지 줍는 똘마니들의 부은 눈길이

빛나오면, 서울을 사랑하고 싶어진다.

그러나, 그날이 오기까지는.

〔상황·1969년 창간호〕

# 좋은 언어

외치지 마세요
바람만 재티처럼 날아가버려요.

조용히
될수록 당신의 자리를
아래로 낮추세요.

그리고 기다려보세요.
모여들 와도

하거든 바닥에서부터
가슴으로 머리로
속속들이 굽이돌아 적셔보세요.

하잘것없는 일로 지난날
언어들을 고되게
부려만 먹었군요.

때는 와요.
우리들이 조용히 눈으로만
이야기할 때

허지만
그때까진
좋은 언어로 이 세상을
채워야 해요.

〔사상계·1970년 4월호〕

# 마려운 사람들

마려운 사람들이 살고 있기 때문에
세상은 무서워 보이는 것이리

구름도 마려워서
저기 저 고개턱에 걸려 있나
고달픈 사람들이 살고 있기 때문에
세상은 고요한 전날 밤
역사도 마려워서
내 금 그어진 가슴 위에 종종걸음 치나

구름을 쏟아라
역사의 하늘
벗겨져라

오줌을
미국 땅 살 만큼의 돈만큼만
깔겨봤으면
너도 사랑스런 얼굴이

〔사상계·1970년 4월호〕

## 봄의 소식

마을 사람들은 되나 안되나 쑥덕거렸다.
봄은 발병 났다커니
봄은 위독하다커니

눈이 휘둥그레진 수소문에 의하면
봄은 머언 바닷가에 갓 상륙해서
동백꽃 산모퉁이에 잠시 쉬고 있는 중이라는 말도 있었다.

그렇지만 봄은 맞아 죽었다는 말도 있었다.
광증이 난 악한한테 몽둥이 맞고
선지피 흘리며 거꾸러지더라는……

마을 사람들은 되나 안되나 쑥덕거렸다.
봄은 자살했다커니
봄은 장사 지내버렸다커니

그렇지만 눈이 휘둥그레진 새 수소문에 의하면
봄은 뒷동산 바위 밑에, 마을 앞 개울
근처에, 그리고 누구네 집 울타리 밑에도,
몇날 밤 우리들 모르는 새에 이미 숨어 와서
몸단장들을 하고 있는 중이라는

말도 있었다.

〔창작과비평 · 1970년 봄호〕

## 너에게

나 돌아가는 날
너는 와서 살아라

두고 가진 못할
차마 소중한 사람

나 돌아가는 날
너는 와서 살아라

묵은 순 터
새순 돋듯

허구많은 자연 중
너는 이 근처 와 살아라.

〔창작과비평 · 1970년 봄호〕

# 강

나는 나를 죽였다.
비 오는 날 새벽 솜바지 저고리를 입힌 채 나는
나의 학대받는 육신을 강가에로 내몰았다.
솜옷이 궂은비에 배어
가랑이 사이로 물이 흐르도록 육신은
비겁하게 항복을 하지 않았다.
물팡게치는 홍수 속으로 물귀신 같은
몸뚱어리를 몰아쳐 넣었다.
한발짝 한발짝 거대한 산맥 같은
휩쓸려 그제사 그대로 물너울처럼 물결에
쓰러져버리더라 둥둥 떠내려가는 시체 물속에
주먹 같은 빗발이 학살처럼
등허리를 까뭉갠다. 이제 통쾌하게
뉘우침은 사람을 죽였다.
그러나 너무 얌전하게 나는 나를 죽였다.
가느다란 모가지를 심줄만 남은 두 손으로
꽉 졸라맸더니 개구리처럼 삐걱! 소리를 내며
혀를 물어 내놓더라.
강물은 통쾌하게 사람을 죽였다.

[창작과비평 · 1970년 봄호]

# 살덩이

우리들의 이야기는
걸레

살아 있는 것은
마음뿐이다.

마음은
누더기

살아 있는 것은
뼈뿐이다.

오, 비본질적인 것들의
괴로움이여

뼈는
겉치레

살아 있는 것은
바람과
산뿐이다.

그렇게 많은
비단을 감았지만

너를 움직이는 건
흔들리고 있는 것은
고깃덩어리 알몸

물건 없는 산
소나무 곁을
혼자서 너는 걸어가고 있고야

오, 작별한 냄새여
살덩이가
지금 저 산을
내려가고 있고야

〔창작과비평 · 1970년 봄호〕

# 만지(蠻地)의 음악

꽃들의 추억 속 말발굽 소리가 요란스러우면,
내일 고구려로 가는 석공(石工)의 주먹아귀
막걸리 투가리가 부숴질 것이다.

오월의 사람밭에 피먹 젖은 앙가슴
갖가지 쏟아져오면
우물가에 네 다리 던지던 소부리(所夫里)* 가시내
진주알 속 사내의 털보다 가을이 고일 것이고

우리의 역사밭 핵(核) 자랑의 아우성 깃발 올리면
피의 능선 상엿집 산모롱이를 돌아들
엿장수의 가위 속에서 징글맞게 뱀이
동강 날 것이다.

대낮처럼 조용한 꽃다운 마을
다시 가시줄 늘이고 가는 소리 보이면
나비들은 구태여 건넛마을 꽃핀 전설 속의
머리채로 사무치게 노래 불러 강산 채울 것이며.

햇빛 퍼붓는 목화밭, 서해 가의 무논에서
젖이 흐르는 주먹팔 봄 포도밭에서

손 고운 흰 허리를 잃어버렸을 때
후삼국의 유민(遺民)은 역사를 건너뛸 것이다.

하여 세상없는 새벽길
꽃다운 불알 가리고 바위에 걸터앉아
베잠방이 속의 상쾌한 천만년을 자랑할 것이다.

〔창작과비평·1970년 봄호〕

* 백제 고도(古都) 부여의 옛 지명.

# 단풍아 산천

즐거웁게 사람들은 웃고 있었지
네 마음은 열두번 뒤집혔어도
즐거웁게 가을은 돌아오고 있었지

여보세요
신령님
말씀해주세요

산과 난 어느 쪽이
더 아름다울까요

그리고 그인
나와 인연이 있을까요

호들갑스레 단풍은 피어나고 있었지
네 마음은 열두번 둔갑 떨었어도
단풍은 내 산천 물들여 울었지

보세요
상천(上天) 계신 한울님
만날 수 있을까요

옥(玉)으로 깎을
출렁일 가슴

보세요
새 배 타고
목성에나 가면
우린 이 지구 사람 사랑할 수 있을까요

피 터지게 사람들은 웃고 있었지
한반도 대관령 주막집에서
입 가리고 그녀는 망설이고 있었지

〔다리 · 1971년 10월호〕

# 권투선수


오전짜리 통치권으로 갈보 은행은
세워진다

두부 땅 권투선수는
분망한 발짓.

포도알 화차(貨車)는
도시로 징집된다.

살보다 무겁게
조직보다 억세게
뼈보다 처참하게

콘크리트의 철학은
털이 난 철면피.

도야지를 굽자
네온싸인 아래서
하고, 그 어두운 지하실로
쌍선(雙線)을 깔아.

고려 때 뿌리는
추려내지.
절대한 세계금고 아래층에서
눈물 어린
호미의 강은 흘러가고 있었다.

탑(塔)과 거리 분 바른
아침이면
사무실마다
꽃다운 대가리가 쏟아져오고.

일등서기관의 금붕어 탁상엔
갓 지중해서 건져온
제10차 세계대전에의
빛나는 초대(招待).

도야지를 굽자
네온싸인 아래서
하고, 그 중요한 은(銀)마다
곳간차를 보내놔.

절량(絶糧)은 문명(文明)
인생은 갈보
행복은 도야지.

살보다 무겁게
조직보다 억세게
뼈보다 처참하게

콘크리트의 철학은
털이 난
철면피.

고향은 바다
절대한 세계금고 아래층에서
눈물 비린
피의 강은 흘러가고 있었다.

〔다리 · 1971년 10월호〕

## 노래하고 있었다

노래하고 있었다.
달리는 열차 속에
창가 기대앉아
지나가는 풍경
바라보고 있노라면,

잔잔한 물결
양털 같은 세월 위서
너는 노래하고 있었다.

죄 없는 사람
가로수 밑 걸으며
또각또각 구두 소리
눈 녹아 하늘로 번질 때

하늘은 바람
대지 위 고요

노래하고 있었다.
창가 기대앉아
지나가는 들녘

바라보고 있노라면,

가로수 위
구름 위
보이지 않는 영화로운
미래로의 소리로,

거대한 신(神)은
소매깃 뿌리며
부처님 같은 얼굴로

내 괴로움 위서
노래하고 있었다.

# 밤은 길지라도 우리 내일은 이길 것이다

말 없어도 우리는 알고 있다.
내 옆에는 네가 네 옆에는
또다른 가슴들이
가슴 태우며
한가지 염원으로
행진

말 없어도 우리는 알고 있다.
내 앞에는 사랑이 사랑 앞에는 죽음이
아우성 죽이며 억(億)진 나날
넘어갔음을.

우리는 이길 것이다
구두 밟힌 목덜미
생풀 뜯은 어머니
어둔 날 눈 빼앗겼어도.

우리는 알고 있다.
오백년 한양(漢陽)
어리석은 자떼 아직
몰려 있음을.

우리들 입은 다문다.
이 밤 함께 겪는
가난하고 서러운
안 죽을 젊은이.

눈은 포도(鋪道) 위
묘향산 기슭에도
속리산 동학골
나려 쌓일지라도
열 사람 만 사람의 주먹팔은
묵묵히
한가지 염원으로
행진

고을마다 사랑방 찌개그릇 앞
우리들 두쪽 난 조국의 운명을 입술 깨물며

오늘은 그들의 소굴
밤은 길지라도
우리 내일은 이길 것이다.

# 새해 새 아침은


새해
새 아침은
산 너머에서도
달력에서도 오지 않았다.

금가루 흩뿌리는
새 아침은
우리들의 대화
우리의 눈빛 속에서
열렸다.

보라
발밑에 널려진 골짜기
저 높은 억만개의 산봉우리마다
빛나는
눈부신 태양
새해엔
한반도 허리에서
철조망 지뢰들도
씻겨갔으면,

새해엔
아내랑 꼬마아이들 손 이끌고
나도 그 깊은 우주의 바다에 빠져
달나라나 한바퀴
돌아와봤으면,

허나
새해 새 아침은
산에서도 바다에서도
오지 않는다.

금가루 흩뿌리는
새 아침은 우리들의 안창
영원으로 가는 수도자(修道者)의 눈빛 속에서
구슬 짓는다.

〔주간경향〕

# 왜 쏘아

눈이 오는 날
소년은 쓰레기통을 뒤졌다.

바람 부는 밤
만삭의 임부는
철조망 곁에 쓰러져 있었다.

그리고 눈이 갠 아침
그 화창하게 맑은 산과 들의
은빛 강산에서
열두살짜리 소년들은
어제 신문에서 읽은 동화(童話) 얘길 재잘거리다
저격받았다.

나는 모른다.
그 열두살짜리들이 참말로
꽁꽁 얼어붙은 조그만 손으로
자유를 금 그은 철조망 끊었는지 안 끊었는지.

나는 모른다
그 철조망들이

맨발로 된장찌개 말아 먹은 소년들에게
목숨을 강요해서까지
필요한 것인지 아닌지는.

다만 나는 안다
지금은 이중으로
철조망이 쳐져 있고
검은 창고가 서 있지만
그 근처 양지바른 언덕은
우리 어렸을 때만 해도
머리에 흰 수건 두른 아낙들이
안방 이야길 주고받으며
햇빛에, 목화단 콩깍지들을 말리던 곳이다.

그리고 또 나는 안다
지금은 낯선 얼굴들이
얕보는 휘파람으로 왔다 갔다 하지만
그 근처 양지바른 언덕은
우리 어렸을 때만 해도
토끼몰이 하던 아우성으로
씨름놀이 하던 함성으로

밤낮을 모르던 박첨지네 동산이다.

쓰레기통을 뒤져
깡통 꿀꿀이죽을 찾아 먹는 일
나도 이따금은 해봤다
눈사태 속서 총 겨냥한
낯선 병정의 호령을 듣고
그 퍽퍽한 눈 속을
깊이깊이 빠지면서 무릎 이겨 기던
그 소년의 마음을 나는 안다.

꿰진 뒤꿈치로
사지 늘어트려
국수가닥 깡통을
눈 속에 놓치던
그 마음을 나는 안다.

아기 밴 어머니가
배가 고파, 애들을 재워놓고
집을 빠져나와
꿀꿀이죽을 찾으려던 그 마음을,

고요한 새벽 흰 눈이 쌓인 그 벌판에서의
외로운 부인의 마음을
나는 안다.

왜 쏘아.
그들이 설혹
철조망이 아니라
그대들의 침대 밑까지 기어들어갔었다 해도,
그들이 맨손인 이상
총은 못 쏜다.

왜 쏘아.
우리가 설혹
쓰레기통이 아니라
그대들의 판자(板子) 안방을 침범했었다 해도
우리가 맨손인 이상
총은 못 쏜다.

쏘지 마라.
솔직히 얘기지만
그런 총 쏘라고

박첨지네 기름진 논밭,
그리고 이 강산의 맑은 우물
그대들에게 빌려준 우리 아니야.

벌 주기도 싫다
머피 일등병이며 누구며 너희 고향으로
그냥 돌아가주는 것이 좋겠어.

솔직히 얘기지만
이곳은 우리들이
백년 오백년 천년을 살아온
아름다운 땅이다.

솔직히 얘기지만
이곳은 우리들이 천년 이천년
울타리 없이도 콧노래 부르며 잘 살아온
아름다운 강산이다.

# 어느 해의 유언

뭐……
그리 대단한 거
못되더군요

꽃이 핀 길가에
잠시 머물러 서서

맑은 바람을
마셨어요

모여온 모습들이 곱다 해도
뭐 그리 대단한 거
아니더군요

없어져
도리하며
살아보겠어요

맑은 바람은
얼마나 편안할까요.

# 불바다

줄줄이 살뼈는 흘러내려 강을 이루고
산과 바다는 마음밭을 이랑 이뤄 들꽃을 피웠다.
칠월의 태양과 은나래 젓는 하늘 속으로
진주알 향기 푸른 치마폭 찬란히 흩어져가고
더위에 찌는 울창한 원생림(原生林)
전쟁이 불지르고 간 황토배기 벌판에
한 가닥 바람길이 열려 가는은 꽃뱀처럼
노래가 기어오고 있었다.

오월의 숲 속과 뻐꾸기 목메인 보리꺼럭 전설(傳說)밭으로
황진이(黃眞伊) 마당가 살구나무 무르익은 고려 땅 놋거울
속에
아침저녁 비춰들었을 아름다운 신라 가인(佳人)들.
지금도 비행기를 바라보며
하늘로 가는 길가에
고개마다 나날이 봇짐 도시로 쏟아져간
흰 젖가슴의 물결치는 아우성을 들어보아라.

해가 가고 새봄이 와도 허기진 평야
나무뿌리 와 닿은 조상들의 주막(酒幕) 가에
줄줄이 태곳적 투가리들이 쏟아져오고

바다 밑에서 다시 용틀임하여 휘올라
어제 우리들의 이랑밭에 들꽃 피운 망울들은
일제히 돌창을 세워 하늘을 반란한다.


*1부에 수록된 「아사녀(阿斯女)의 울리는 축고(祝鼓)」 제1절과 유사함.

# 둥구나무

뿌리 늘인
나는 둥구나무.

남쪽 산 북쪽 고을
빨아들여서
좌정한
힘겨운 나는 둥구나무
다리 뻗은 밑으로
흰 길이 나고
동쪽 마을 서쪽 도시
등 갈린 전지(戰地)

바위고 무쇠고
투구고 증오고
빨아들여 한솥밥
수액(樹液) 만드는
나는 둥구나무

# 오월의 눈동자

지금 난 너를 보고 있지 않노라.
훈풍 나부끼던 머리칼
오월의 플라타너스 가로(街路) 저 멀리
두고 온 보리밭 언덕을 생각하고 있는 것도 아니노라.
바람이 기어드는 가슴
나뭇잎 피는 산등성에 서서
술 익는 마당
두고 온 눈동자를 생각하고 있는 것도 아니노라.
남해바다 멀리
한번도 나의 울안에
춤춰본 적 없는
푸른빛 희열에 찬 생(生)의 향기를
그윽한 새잎에 받들어
나는 지금 마셔주고 있노라,
온 마음 밭으로 깊이깊이 들이마셔주고 있는 것이노라.

지금 난 너의 눈동자를 보고 있지 않노라.
지나온 하늘
초록 정원에 뒹굴던
태양의 이야기에 귀 기울이고 있는 것도 아니노라.
학창시절의 호밀밭 전쟁이 뭉개고 간 꽃잎의 촉촉한 밤하늘을 회상하고 있는 것도 아니노라.
  훈풍에 날리던 머리칼
  산정(山頂)을 돌아 오르던
  온 세계의 아름다웠던
  천만가지 머언 오월의 향기를
  나의 피알 속에
  상기 살아 있는 피 한 방울 감격 속에서
  이렇게 새잎 타고 불어오는 바람 언덕에 서서
  오늘도 내일도 그제도
  머릿다발 날리며
  마셔보고만 싶었었노라.

# 여자의 삶


해안선 따라
여인이 걷고 있었지

섣달그믐
그리고 석양
눈발은 잔잔한 바다
수평선 너머
날리는데

해안선
모래밭 따라
여인 하나 콧노래 부르며
걷고 있었지

고개는 숙이고
사각사각, 모래밭 밟으며
들릴 듯 말 듯 속삭이는 콧노래.
조용히 날리는
옷고름.

파도 소리도

그녀의 귀엔
들리지 않고

겨울도
도시도
그녀의 눈엔
보이지 않고

다스운 피만
흰 볼기 따라
발끝으로
머리끝으로
고루고루
흐르고 있었지.

무엇을 생각하며
그녀의 귀밑머린
바람에 날리고
있었을까.

무엇을 노래하며

그녀의 두 젖무덤은
저고리 안섶에서
물결치고 있었을까.

무엇을 기원하며
그녀의 눈동잔
겨울 하늘 아래 수밀도처럼
드리워져 있었을까.

"나는 밭,
누워서 기다리고 있어요
씨가 뿌려질 때를.

하늘 날으는 구름이든
여행하는 씀바귀꽃이든
나려와 쉬이세요
씨를 뿌려보세요.

선택하는 자유는 저한테 있습니다.
좋은 씨 받아서
좋은 신성(神性) 가꿔보고 싶으니까.

좀더 가까이, 이리 좀 와보세요
안되겠어요, 당신 눈은 살기.

저 사람 와보세요
당신 눈은 우둔, 당신 입은 모략,
오랜 대(代)를 뿌리박고 있군요.

또 와보세요.
당신은 전쟁을 좋아하는 종자,
또 당신은,
피가 화폐 냄새로 가득 차 있군요.

안되겠어요.
내가 기다리는
받고 싶은 씨는⋯⋯"

비가 내리고 있었지, 그녀의 긴 목덜미
비가 내리고 있었지, 그녀의 가는 허리 아래
비가 내리고 있었지
구렁이처럼 흐느적치던 긴 네 다리

비가 내리고 있었지
그녀의 그 깊은 정상(頂上) 위를.

언제이던가 빛나는 여름
지리산 산정 꽃밭 위에도
너는, 서 있었지.

언제이던가 빛나는 여름
경부선 가로수 총 메인 소녀
언제이던가 빛나는 여름
미국으로 서독으로 품팔이 떠나던
내 소녀야.

언제이던가 빛나는 여름
강강수월래 대열에 끼어
조국을 돌던 내 소녀.
그때 네 뒤꿈치에선
선혈이 흐르고 있었지.

여자는
집.

집이다, 여자는.
남자는 바람, 씨를 나르는 바람.
여자는 집, 누워 있는 집.

빨래를 한다, 여자는 양말이 아니라 남자의 마음.
전장에서 살육하고 돌아온
남자의 마음.
그 피 묻은 죄까지
그 부드러운 손길로
그 신비로운 늪에서
빨래를 시켜준다.

쇠붙이도
탄도탄도
그녀의 무릎 밑에 와선 흐물흐물
녹아나리는 물.

여자는
물.
갈대가 아니라, 물.
있을 것이 없는 자리에 자기를 적응시켜

있을 것으로 충만시켜주는, 물.

껍질만 벗겨 던지면
여성은
신(神).

껍질만 벗겨 던지면
여성의 알몸은
평화.

껍질이여
여인을 질식시키고 있는
껍질이여,
네가 하나의 사내를 사유(私有)하고 싶어할 때
불행은 네 발밑에 허당을 판다.
네가,
네가
자연 속 보물들을 자기 코걸이 귀걸이로 사유하려 할 때
세상의 발밑은 구더기가 된다.

여자여,

신성의 늪을 기르는 여자여.
그대 호수가 흐려지면
사내들은, 전쟁을 장사하는
미치광이가 된다.

여자여,
신성의 늪을 기르는 여자여.
그대 호수가 맑으면
사내들은, 구도(求道)하는
성자(聖者)가 된다.

예수 그리스도를 길러낸 토양이여
넌, 여자.
석가모니를 길러낸 우주여
넌, 여자
모든 신의 뿌리 늘임을
너그러이 기다리는 대지여
넌, 여성

마을마다
빠알간 홍시감이 익어나갈 때

붉은 벽돌담이 있는 도시
그 도시로 가는 길가에서
나는 보았지
고개마다
옥바라지 봇짐, 그 옷보자기 속에서
나는 보았지.

남편의 것이었을까
아니면 오빠의 것이었을까
누럭누럭 기운
두툼한 솜바지 두툼한 솜저고리.
못 쓰게 된 꼬마들 옷조각으로 기운
다스운 속내의.

그리고 나는 보았지
그녀가 쉬었다 일어서면서
허리띠 조르는 것을.

그리고 나는 보았지
착각이었을까, 그녀의 스웨터 안섶에
꽂혀 있던

한권의 문화사개론 책.

그리고 나는 보았지
송홧가루는 날리는데, 들과 산
허연 걸레쪽처럼 널리어
나무뿌리 풀뿌리 뜯으며
젊은 날을 보내던
엄마여,
누나여.

그리고 나는 보았지
진달래는 피는데
벌거벗은 산과 들
가마니 속에
솔방울 고지배기 따 이고
한 손으론 흐르는 젖 싸안으며
맨발 길 삼십리
울렁이며 뛰던
아낙네의 종아리.

해안선 따라

여인이 걷고 있었지

함박눈은 산과 도시
여인의 호수 위 펑펑
쏟아져오는데

고궁 담모퉁이 따라
여인 하나, 걸어오고 있었지

두 손을 깍지 싸
높은 가슴 위에 얹고
눈은 수밀도처럼 내리깐 채
들릴 듯 말 듯
콧노래 부르며

고궁길 돌담 따라
여인 하나 걸어오고 있었지

[여성동아 · 1969년 1월호]

# 제4부

# 꽃같이 그대 쓰러진

## 1988

# 서시(序詩)

아담한 산들 드뭇드뭇
맥을 끊지 않고 오간
서해안 들녘에 봄이 온다는 것
것은 생각만 해도, 그대로
가슴 울렁여오는 일이다.

봄이 가면 여름이 오고
여름이 오면 또 가을
가을이 가면 겨울을 맞아 오고
겨울이 풀리면 다시 또
봄.

농사꾼의 아들로 태어나
말썽 없는 꾀벽둥이로
고웁게 자라서
씨 뿌릴 때 씨 뿌리고
거둬들일 때 거둬들일 듯

어여쁜 아가씨와 짤랑짤랑
꽃가마나 타보고
환갑잔치엔 아들딸 큰절이나

받으면서 한평생 살다가
조용히 묻혀가도록 내버려나
주었던들

또, 가욋말일지나, 그러한 세월
복 많은 가인(歌人)이 있어
봉접풍월(蜂蝶風月)을 노래하고
장미에 찔린 애타는 연심을 읊조리며
수사학이 어떠니 표현주의가 어떠니
한단들 나 역 모르는 분수대로
그 장단에 맞추어 어깨춤이라도
추었을 것이다.

그러나 나는 원자탄에 맞은 사람
태백 줄기 고을고을마다
강남 제비 돌아와 흙 물어 나르면
솟아오는 슬픔이란 묘지에 가 있는
누나의 생각일까……?

산이랑 들이랑 강이랑
이뤄 그 푸담한 젖을 키우는

울렁이는 내 산천인데
머지않아 나는 아주
죽히우러 가야만 할 사람이라는
것이라.

잘 있으라
해가 뜨나 해가 지나 구름이 끼던
두번 다시 상기하기 싫은
인종(人種)의 늦장마철이여

이러한 노래 나로 하여
처음이며 마지막이게 하라
진창을 노래하여 그 진창과 함께
멸망해버려야 할 사람이
앞과 뒤를 헤쳐 세상에
꼭 하나뿐 필요했던 것이다.

그러면……
두고두고, 착한 인간의 후손들이여

이 자리에 가는 길

서낭당 돌을 던져

구더기.
그런 역사와 함께 멸망한 나의
무덤, 침 한번 더 뱉고
다시 보지 말아져라.

〔1955년〕

# 이리 와보세요

이리 와보세요
당신 눈에 살색(殺色)이 도는군요.

저 사람 와보세요
당신 눈엔 우둔이
당신 입엔 시의(猜疑)가
오랜 대(代)를 뿌리박고 있군요.

또, 와보세요
당신은 교만한 종자야요
또, 당신은
피가 병균으로 차 있어요.

내가 기다리는
받고 싶은 씨는*
눈이 순정과 지혜로
맑게 빛나고

너그럽고 슬기로운
토양에서 자란
맘과 몸이 착실한

사내의 씨.

그리고, 마음과 힘을 쏟아
정성껏
나의 몸에 씨를 심거줄 사내.

〔1954년〕


* 3부에 수록된 「여자의 삶」 14~17연과 유사함.

# 그의 행복을 기도 드리는

그의 행복을 기도 드리는 유일한 사람이 되자.
그의 파랑새처럼 여린 목숨이 애쓰지 않고 살아가도록
길을 도와주는 머슴이 되자.
그는 살아가고 싶어서 심장이 팔뜨닥거리고 눈이 눈물처럼
빛나고 있는 것이다.
그는 나의 그림자도 아니며 없어질 실재도 아닌 것이다.
그는 저기 태양을 우러러 따라가는 해바라기와 같이 독립된
하나의 어여쁘고 싶은 목숨인 것이다.
어여쁘고 싶은 그의 목숨에 끄나풀이 되어선 못쓴다.
당길 힘이 없으면 끊어버리자.
그리하여 싶도록 걸어가는 그의 검은 눈동자의 행복을
기도 드리는 유일한 사람이 되자.
그는 다만 나와 인연이 있었던
어여쁘고 깨끗이 살아가고 싶어하는 정한 몸알일 따름.
그리하여 만에 혹 머언 훗날 나의 영역이 커져
그의 사는 세상까지 미치면 그때
순리로 합칠 날 있을지도 모를 일일 게며.

# 교실에서


마음은 울고
있었다

눈은 책을
보며도 뒷짐 진 채

마음은 울고
있었다

온 방 안이 웃어
함뿍 흐드러질 때도

마음은 노상
울고
있었다

아니라고 너는
저을 테지
만

그 소리, 들은

분은 꼭
있었으리라

영원을 뚫고 가는,
늘메기 울음보다
어둡고 짙은

그
깊은 소리

그
답답한 소리

마음은 울고
있었다

노상 걸음 걸으며도
눈은
반 감은 채……

그

무너지는 울음을
울고 있었다

[1968년]

# 숱 많은 여인의 가슴처럼

숱 많은 여인의 가슴처럼
해바라기는 뎅그렁
한없는 햇빛 가를 하루내 산다.

노옹(老翁)은 자고
선선한 대기
함초롬 이슬 젖은 맨발의 사내.

지겟목 홍시 묻어 떨어지면
기다리다 돌아간 빈자리
뎅그렁 흔드는 남은 꽃소리,여.

# 사람의 고정(苦情)을

사람의 고정을 이해하기가

그리 쉽답니까?
말씀 마쇼.
지금 곧 죽어가는 사람도
겉으로 웃으면 건강한 사람으로
이해되는 거랍니다.

천지신명이 대자연에 밝으니
나는 아무 델 가나
알머리처럼 따가워라.

너의 방에선 너의 보금자리 냄새가 난다.

자신(自信)이 흔들리는지라
자꾸
역(逆)확인을 얻으려고
'자신이 있느니라고'
강조해보는 것이리라.

석(石)을 두고의 순수한 상모(想慕)가 아니다.

어느 누구의 것과 비교하기 위한
빌미로서의 석.
또는 그것에 반동적으로 대립하기 위한
방패로서의 석.

# 사랑


진하게
진하게
모란처럼 소복함 가득 담고 오너라

참새스런 깡똥한, 날매
가슴차게 안겨오너라

경(憬)이여

장미처럼 매선 향기
가시로 쏘아라

화염(華艶)한 눈웃음은
다음 장(章)으로

# 애정(哀情)


너 다신 안 돌아온달지라도
나 너의 곁에 살리라
너, 날
저어하란달지도
정녕 나 누굴 원망하리야
지난날 이내 넘도 널
괴롭혔음 이래샤.

[1954년 8월 20일]

# 난곡(亂曲)의 서장(序章)

흘러간 옛날이었다고 하자
내가 너의 곁에서 울던 것은……
까마득히 잃어버린 날에 서서
다시 더 깊이 돌아가
나의 자취를 숨겨버린다면
너로부터 망각될 때까지 사는 것이라고.
바가지 치고 구걸을 디니던 사람들도
이제는 없어졌다
너의 노래 다시 들려올 때까지
나는 속으로만 타라
쓸쓸히 떠나가버린 사람
다시는 묻지도 못해야 옳을 사람……
무언지도 모르는 원통함
이여

〔1955년 2월 7일〕

# 소녀의 앙탈

내가 운다고
오는 비가 안 오나 뭐
개구리도 우는데
울 테야, 울 테야.

〔1955년 6월 16일〕

# 기원(祈願)


다신 태어나지 않을래요
어서 데려가주어요
주여
어서 없이해주어요.

〔1953년 11월 12일〕

# 소박한 꽃

여름날 어느 산고랑 쓰러져가는 초(草)집
그늘진 마루에선 호리한 처녀 하나이
매방아만 돌리고 있더라.

〔1948년 7월 14일〕

# 너의 무덤에서
그는 어려서 죽었다


온종일
한가한 공동묘지엔
혼곤히 지쳐
해가 뒹굴다

한부로 갈퀏밭이
허비고 간
가난한 애장 위에
계절은 땀을 흘리며
거기 나물 뜯던 언덕을
아련히 기어가는 하오(下午).

각시풀 다듬던 연한
너의 뼈마디는
지층을 적시며
오늘도 산화(酸化)하는가……
정(貞)이.

정이
밤마다 새푸라니

놀래었나
지표가 구겨졌다.

〔1950년 6월 1일〕

# 슬픈 승리

그놈이 와서 손대기 전
내가 먼저 찢어버리리라
그놈이 기어들어 침략하기 전
내 먼저 무너져버리리라
오 통쾌한 인생의
회피여.
그러면 그 망한 놈은
허탕 치고 제풀에 거꾸러지리라.
둥개둥개 벽에 가서
투가리처럼 부서지리라.

〔1953년 6월〕

# 눈동자

묻지 말고 이대로 보내주옵소서
잊어버리고만 싶은 눈동자여

말 곧 하면, 잘못
꿈 깨어져버릴
깨끗한 얼굴

눈물 감추며
제발 이대로 돌아가게
못본 척해주소서

내 목숨 다 주고도
떠나기 싫은 눈동자여.

〔1953년 4월〕

# 병이 되기 전에

병이 되기 전에 그만두려 하였더니
병도 이젠 때늦었어라

너를 좋아한다고……
그것은 보다 다음 세상 가서의 남은 일이다

들짐승들은 잘들도 살아가는데
나는 왜 이리 침침하기만 할까

열번 죽어서 다시 태어나는 재주라도 있었으면
나도 다시 깃을 올려나 보련만

병이 되기 전에는
세상에 불이라도 안 일어나나.

〔1955년. 6군단에서〕

# 한 마음

한 마음 가엾어라
돛도
삿도 없이

오늘은 어델 흘러가느뇨

온 길 돌아갈 수 없음이여.
유리창 너머로 보이는
만지기 영 틀린
없어진 탑이여.

한 마음
가엾어라
나약한 사람 위에서
살아가는……

가다가 스러질
가난한 마음이여.

〔1954년 11월〕

480

# 하일연서(夏日戀書)


이 한 몸. 런 네 모습. 붉은. 고향길. 어이 차마

그럴 수. 달 그림자. 몇번이고. 악물면.

그대. 영원한. 차마. 이 한 몸. 억천번.

마지막의. 했었던. 또 하나. 종소리.

석양 진 그 절터에. 생각지 말아달라고. 가슴.

쪼개지는. 버섯. 한사. 무덤. 여름 하늘.

조용히. 이제는. 백성.

그대 뜻. 영겁. 꽃.

제발……

〔1956년 8월〕


* 칠갑산 등산 시 주운 무명씨(無名氏)의 편지쪽을 기록해둔 것임.(저자 주)

# 가로수

숱 짙은 소녀의 뒤꼭지마냥
오월의 플라타너스에 바람 닿을 때마다
무성한 잎가지가 푸짐하게 쫓기어
머릿다발 파듯파듯 살에 붙었다.

〔1956년 5월〕

# 세모(歲暮) 이야기

싸락눈이 날리다 멎은 일요일,
북한산성길, 돌틈에 피어난
들국화 한 송일 구경하고 오다가,

샘터에서 살얼음을 쪼개고 물을 마시는데
눈동자가, 그 깊고 먼, 멀고 먼 눈동자가
이 찬 겨울 천지 사이에서 조용히 나를 들여다보고 있더라.

또, 어느날이었던가. 광화문 네거리를 건너다 친구를 만나
손목을 잡으니, 자네 손이 왜 이리 찬가 묻기에, 빌딩만 높아
가고 물가만 높아가고 하니 아마 그런가베 했더니 지나가던
낯선 여인이 여우목도리 속에서 웃더라.

나에게도 고향은 있었던가. 은실 금실 휘황찬란한 명동이
아니어도, 동지만 지나면 해가 족제비 꼬리만큼씩은 길어진다
는데. 금강 연안 양지쪽 쪽마루에서 새순 돋은 무를 다듬고 계
실 눈 어둔 어머님을 위해 이 세모엔 무엇을 마련해보아야단
말인가.

문경새재, 산막(山幕) 곁에 떡가래 구워 팔던, 그 유난히 눈이
맑던 피난 소녀도 지금쯤은 누구 팔에선가 지쳐 있을 것이다.

꿀꿀이죽을 안고 나오다 총에 쓰러진 소년, 그 소년의 염원이 멎어 있는 그 철조망 동산에도 오늘 해는 또 얼마나 다습게, 그 옛날 고려 적의 목홧단 말리던 입술들을 속삭여 빛나고 있을 것인가.

어디메선가 세모의 아침이 열리고 있을 것이다. 화담(花潭) 선생의 겨울을 그리워 열두폭 치마 아무려 여미던 진이(眞伊) 분위기로 그 체온들이 뿌려진 판문점 근처에 서서히 서리 아침이 열리고 있을 것이다.

조용히 한강 기슭이라도 산책하련다, 이 세모에, 어느날이었던가. 젊은 연인끼리 인천 바다 언덕 잔디밭에 불을 질러놓고, 오버깃 세워 팔짱 끼던 그 말 없던 표정들처럼, 나도 겨울 벌판을 혼자 산책이나 하며 내 한해의 상흔 자죽들이나 생각해보아야지……

* 3부에 수록된 「진이(眞伊)의 체온」과 유사함.

484

# 바치는 노래

Y에게


총소리 간간이 사무치는 밤
어데서 누가 우는가
횃불을 켜라 피를 밝혀야

죽음보다 어김없는 믿음이 있기에
가셨는가 그대여 웃으며 가셨는가

꽃같이
그대 쓰러진 곳에 칼바람 엎으러지고
그대 누우신 자리에 밤새는 찾아오고
그대 무덤 위에 찬란한 복수의 꽃은 피어
그대 가슴 위에

이룸의 열매가 맺는 날
푸른 하늘이 트이는 날
오 빛나는 나라 노래를 부르자

〔1949년 1월 10일〕

# 어느 소녀의 수기(手記)


어데서 무엇이 나를 울게 하는 걸까
오늘도 내일도 나는 푸념 없는 표박(漂泊)의 신세
색바람 불어오는 들길에나
낯모르는 남의 집 처마 밑에서
몽당치마를 방석 삼아 지쳐 쓰러질 때
비단 배가 고파서만이 아니라 나는 왜 울어야 하는 걸까.

밤이나 낮이나 나라를 위한다고 줄달음치던
우리 아범 내무서에 갇혀 학살당하시고,
한사코 조국을 침략자의 마수로부터 엄호해야 한다고,
주리가 틀리는 기한(飢寒) 속에서도 절규하던 우리 오빠
빨갱이로 몰려 형무소 속에서 요사(夭死)했어도

그래도, 내 가는 곳마다에서 나는 무엇을 보아야 하는가
억조창생을 죽여서라도 모리(謀利)와 권세에
환장이 된 아귀의 구더기와 구더기와
질탕한 향락을 구해서 헐레벌떡거리는
매육(買肉)의 시랑(豺狼)의 떼를 볼 적에

허기진 오후, 어느 학교 운동장에서
옥사(獄死)한 우리 오빠만큼씩 큰 머슴애들이

시종 망정맞게* 엉덩이를 흐느적거리면서
이 '빤찌'가 들어가면 턱아리가 떨어지고
또 이 '빤찌'가 들어가면 단숨에 기함해버린다고
칠피 단화를 야죽거리며 말하는 소리를 들을 적에

한낮 뙤약볕 밑에서 밭매는 아주머니네와
시세(時勢)를 이야기할 적에
개기름 번질한 마카오 신사와 묘령의 마카오 아가씨들을 실은
XX부대 지프가 빈 위스키 병과 초콜릿 갑과
음탕한 깔깔 웃음을 뿌리면서 어데론가 사라질 때에

여린 나는 분을 참지 못하여 울음이 나오는 것이라오.
산 비알 막바지에 홀로 쉬어 마파람을 쐬이면서
우리 아범과 오빠의 가신 길을 추억할 적에
나를 사랑해주던 아범과 오빠가
자신의 목숨을 희생해 가면서 조선 사람의 행복을 위하겠다던
그 조선 사람이
겨우 이런 족속의 사면바리 같은 저주받을 무리도
그 속에 섞여 있는가를 의아(疑訝)할 때

여린 나는 울분을 참지 못하여 울음이 터지는 것이라오.

배고파서가 아니라, 호사(豪奢)한 남이 부러워서는 더욱 아
니라
　참을 수 없는 죄송한 마음에서
　눈물이 쏟아지는 것이라우.**

〔1951년 10월 1일〕


* '방정맞게'로 추정됨.
** 육필 원문과 대조한 결과 유고시집 『꽃같이 그대 쓰러진』에는 마지막
　세 연이 누락되어 있었음을 밝혀둔다.

# 해후(邂逅)의 소녀에게

오다 가다 만난 소녀에게


너도 왔다 가는구나……
………
나도 쓸쓸히 왔다가
쓸쓸히 돌아가련다
다만 너를 구경하과져……

우리 다시는 못 만날지라도
먼 훗날 무덤 속에 누워 추억하자
호젓한 산골길에서 마주친 그날
우리 왜 인사없이 지나쳤던가, 하고.


*3부에 수록된 「그 사람에게」와 유사함.

# 압록강 이남

폭격으로 쓰러진 집터에선
능굴이가 원통히 울었다.

하늘 멀리서 제트기들이 번갯불처럼 지나다니고
어데선가 송장이 썩는다
낯익은 얼굴들이 무더기로 쓰러져
썩는 내음새가 국화 향기보다 진하다.

다 같이 압록강 이남에서 사는
조선 사람들이었다.
가는 곳마다
산골에서도 평야에서도
도시에서도, 마을은 모두 폐허로 화하고
젊은 아들딸들은 이편으로 저편으로
총들을 얽매고 없어져버리었다.

가다가다 살아남은 마을엔
질병과 기아와 상잔의
어두운 살풍만이 배회했다.

평화를 사랑하는 조국

조선 사람아
너는 어찌하여
너는 어찌하여 다 같이 조선말을 하는 얼굴 속에서
원수를 찾아내어야 하며
형제와 애인의 인연에
탄약을 쟁여야만 하느냐

그리하여 제각기
자기 남편 편이 이겨 오기를
자기 오빠 편이 이겨 오기를
얼마나 많이
얼마나 많은 사람들의 가슴이
빌고 있을 것인가.

애인아 누나야
조선 사람아
너는 누구를 위하여 누구에게
어제도 오늘도 방아쇠를 당기는 것이냐.
삼천리강토를 침략하는 자 누구냐
어느 놈이
아, 어느 놈이

조선을 저의 방패로 삼으려 하는 것이냐……

오늘도
폭격으로 쓰러진 집터에선
능굴이가 원통히 울었다.

# 붉은 태양

위대한 붉은 태양은 씩씩하게 뛰어올랐다

제 빛깔을 모르던 대자연은
비로소 자체(自體)를 발견하기 시작했다

그리하여 은빛으로 금빛으로
가늘게 웅장하게 약동하고 있다

짚풀 위에서 얼음판에서
산골짜기에서도 빈 들판에서도

부드러이 무르녹고 있다.

〔1948년 1월 5일〕

# 함박눈 쏟아지는 날

다사히 볼이라도 부벼줄 한모금의 볼따귀도
시간마다 가슴 아무려 기다려질 한 올의 바래옴도
당장 육신째 마음째 내어던져 바치고 싶은
우러러볼 아무것도 없이
남의 집 뒷골방에 누워 다 사위어가는 냉화로를
뒤적이며 있노라면,

눈송이는 펑펑히 상혼을 두드리며 쏟아져오고
대지는 만근같이 침묵하여 사람 소리조차 낮이 설었다

가는 곳마다 걸레쪽처럼 누더기가 된 생활은
낡은 횃대에 걸려 나부끼고, 세기말의 마지막 행렬은
안간힘 쓰며 눈물겨운 갈등을 저지르는 구슬픈 만가 소리
무엇이 무엇을 잡아먹고
무역이 백성을 팔아먹고
아가씨들이 사태를 이뤄 매음을 흉내내고……

함박눈은 펄펄히 쏟아져오고
송이마다 피 묻은 기억들이 되살아
매지근한 체온 위에 말없이 쌓여가도
발자국 소리 하나 매혹스런 노랫가락 하나 들려오질 않고

인간은 자꾸만 외로워 사람마다
등갈난 이리떼처럼 제각기 남루의 사유(私有)를 끄집어 안고
저마다의 소굴로 돌아선다

어찌하여 인류는 뜨거이 몸부림쳐
부둥켜안을 수가 없는 것이뇨
지칠 줄 모르던 하안한 꿈은 저주의 함정에
빠졌는가.
이 시각, 그것을 위하여 사뭇 피려던
계절을 폭풍우처럼 흘려보낸 젊음이
묘막히 돌아올 수 없는 지점에서
눈에 묻혀간다.

# 만약 내가 죽게 된다면

잔잔한 바다와 준험한 산맥과 들으라
나의 벗들이여
마지막 하는 내 생명의 율동을

미웁던 것이나 귀엽던 것이나
이제는 잘 있으라 나는 가련다

생각하면 나는 얼마나 많은 사랑의 법열과
또한 얼마나 많은 인간의 추악을 보았단 말인가

단풍 든 고덕산에 함께 올라
저 멀리 서해바다와 저 멀리 지리산 줄기를 더듬으며
소리 지르며 놀던 학우들의 이름이여

아침저녁으로 웅장한 한강철교를 지나 통학할 때
시대의 풍운아처럼 차린 청년에게
수줍은 추파를 던지던 수많은 여생도들의
인사 없이 사귀인 그리운 얼굴들이여

첫사랑의 불타는 정열을 나에게 쏟아주고
그리고 이내 나를 배반하고 가버린

요염한 눈모습이여
가시지 못할 내 마음의 여신이여

단장의 비명을 울리며 전기고문 받던
그래도 나에게 위안을 잊지 않던
이름 없는 영웅 내 감방의 친구여

나는 추억하나니
괴로웠던 것이나 행복했던 것이나
이제 와서는 내 마음을 현혹게 하는
온갖 영상들

꽁지벌레처럼 쫓아다니는 학정자의 학살을 피하여
서울로 망명할 때
남부여대의 피난민이 오르내리는 천안고개
호젓한 소롯길에서
우리 함께 붉은 까치밥을 따 먹으며 길 걷던
영리한 소녀 잊지 못할 얼굴이여

불덩어리 번갯불처럼 쏟아지는 기총소사 밑에서
나의 팔에 안겨 언덕을 넘어서던

누나 잃은 소년이여
까무러쳤던 얼굴이여

탈옥수의 심정으로 채찍에 끌려 남하할 때
찬 눈을 뭉쳐 먹어가며 넘던 문경새재 고개에서
기한과 피로에 반죽음이 되어 조국을 원망하던
낯설은 수만 청년의 떼직이여

눈보라 휘몰아치는 날
낯선 집 돌각담 밑에 내 지쳐 쓰러졌을 때
행주치마 바람으로 나와 깜밥과 동김치를 쥐여주던
따뜻한 인정의 아가씨여, 따뜻한 아가씨의 얼굴이여

다만 만백성이 만백성을 위하여 평화스러이 노래 부르며
일하는 아름다운 나라가 보고 싶었기에
불태워 보낸 젊음이었노라, 혀를 깨물어
분류처럼 내달려온 젊음이었노라
피비린 낙동수를 반찬 삼아
주먹밥 먹던 교육대에서
탐욕의 회멀건 눈으로 가련히 두리번거리던
무고한 젊은이의 피눈물이여

조선 사람들의 병들었던 모습이여

나는 회상하나니
이 온갖 희락과 질곡의 골짜기를
그리하여 또다시 만날 수 없는 인연의 벗들에게
상상 속에 향연을 베풀어 호소를 보내나니

사람과 소가 죽어 나자빠져 뒹구는
낙동강 나루터에서나
눈물을 짜가며 건너던 뼈 시린 냇물에서나
하루하루의 피곤을 풀어보는 주막집에서나
알지 못하는 새에 정의가 깊어가던 해후의 길벗
그 처녀들의 환영이여

경부선 열차 지붕
쌀장사하는 수많은 전재민들 틈에 끼여 된서리를 맞아가며
또는 시나브로
인가와 도로를 피하여 밤을 새우던 산중에서
우러러보던 별이여, 눈물로
우러러보던 북극성이여

한강 보트장에서 화창한 남산공원에서
그대들이 마주친 인상 깊은 미모의 대학생을
기억하고 있는 사람들이여, 사모해서는 아니될
그를 그리워하고 있는 사람들이여

지금쯤 어드메 산맥에서 푸른 영을 타고 있을
맥고모자 그늘 아래 웃음 웃던 얼굴이여

오다가다 말없이 지나친 뭇 얼굴들
내 시낭독에 우레 같은 박수를 보내주던 군중들
내가 아는 그리고 내가 모르는
온갖 연분 있는 사람들의 심장이여

나는 가련다
아름다운 처녀지 위에 자유스러이 피어나려던 내 청춘은
노망든 독재자와 이방권력에 의하여 무참히
꺾이어버렸다
초야의 신부처럼 감격에 부풀었던 나의 희망은
억울히도 짓밟혀버리었다

자유로운 하늘이여

자유로운 원시림이여
공화국기와 태극기가 번갈아 올라가는
죄 없는 나의 고향 아득한 한촌이여

나는 본 일이 있는 그리고 비록 나를 못 봤을지언
하나도 아니요 백도 아니요 십만도 아니요 더 많은
그리운 사람들의 마음이여

나의 발바닥과 손길과 숨결이 스쳐간
나무며 돌이며 벌판이며 아름다운 강산이여

들으라 마지막 하는 내 생명의 율동……
지금도 살육의 제단에서 고혈에 포화가 되어
수무족도하는 여름밤의 부나비떼를 보노라

그러나 들으라 나의 벗들이여
먼동 트는 대지여
내 그대들의 추억을 지니고서 어찌 미련 없이 떠날 수 있겠
느냐
그러나 벗들이여 나는 똑똑히 보았노라
산월달이 된 자유의 여신을

그리하여 탄생될 자유의 여신을 그대들에게 부탁하며
나의 청춘은 어린 산아를 위하여 피가 되려 하노라
독재정치의 희생이 된 내 생명은
신성한 평화를 위하여 주춧돌이 되어지리라

들으라 잊지 못할 나의 벗들이여
나를 추모하는 뭇 벗들이여
나 대신 그대들의 정열은 갓난아들 조국에 바치라!
이것만이 내 생명의 율동이 요구하는 벗들에 향하는
마지막 바람이어라.

〔1951년 11월 10일〕

# 검은 눈동자

### 1
내 그림자도 있는가보아
사람들 눈에 나도 물건으로 보이는가보아
그렇길래 그들은 날 밟지 않고 비켜가는 것이겠지.

### 2
아어 너무 대간코나
찐득찐득한 봄이여.
싫어!

### 3
이놈의 독사풀!
하고 발을 굴렀다.
　──어릴 적이 생각나서──

### 4
쓸쓸하기만 하더이다
다시는 생세상 태어나지 않을래요.

### 5
뱀이 머리를 추켜들고 일어서다

앙! 앙!
물어뜯기운 자리에서
주룩주룩 달은 피가 쏟아지더라.


      6
안 살았었대도 좋지
영 내 자리 고무로 벗겨버려도 좋아!
내야 정 안 살았었대도 좋지.


      7
까마귀야 엉큼 맞은 까마귀야
옥황상제님께 날아가 일러라
석(石)은 오늘도 또 하루
하계에서 살았노라고
엉큼하게 일러라
황혼이 밀리어온다
어두움과 함께
찰거머리떼 같은 멸적(滅寂)이
어두움과 함께 까마귀떼가
밀리어온다.

8
쓸쓸하여든 떠나워라
돌숲 쓸쓸하여든
사람아
어느 때든 떠나워라.

〔1952년 봄〕

# 벌로 나가자

젊은 놈들아 벌로 나가자
거기 아무도 말기잖는
조야한 광야가 좋더라.

꿉꿉한 예의는 동댕이치고
우리 아주 발가벗어버리라.

나체와 나체에 막걸리 들어붓고
뜨겁도록 알몸을 부닥뜨려가며, 뜨겁도록
황량한 들을 몸부림쳐 뒹굴자.

동이 트걸랑 묘묘(渺渺)한 하늘과
지평선을 향하여 회오리가 일도록
노래, 소리 질러도 좋다.

가다가도 설움이 복받쳐오거든
참아오던 울음 터놓고 통곡하라
지평선을 휘어잡고
지축을 부둥켜안고
육체가 파열하도록 흑혈을 뿜으며
흑혈을 뿜으며 목 놓아도 좋다.

# 수랑 구석

예술제 낭독을 위하여


낯설은 우리들은 아녔건마는
독기 서린 눈초리 눈초리로 쏘아만 보고
쌀가루 한 줌 속에 인간을 팔고
얼음 같은 정(情)만 쌀쌀히 드나들던 날
악마보다도 무서웁게 나타나는 '카미다나(神だな)' '반장님
(班長さん)' 앞에
우리들은 날마다를 울어야만 하였고.


천둥번개 으르렁거리고 뵈지 않는 총알과 피가
몰켜다니던 땅의 한구석 우리 다다미방에도
침략주의 최후의 발악은 우리를 빵과 신(神)의 노예로 만들
려 했더니라.


그러나 지금 내 심장에 물결치는 추억의 조각——
쓰라렸던 그날의 찬바람은 달콤하게 치밀어오고
뺨에 눈물 적시던 그날이 차라리
미칠 듯이 그리웁게 떠오르지 않느냐.


사랑도 없고 믿음도 없는 도야지 막
인생의 하수도를 거쳐 나온 우리 젊은이
비록 서투른 소금국에 꿀밀만이 우리의 창자를 채워줄진대

심장과 뼈는 여물어가고──

어제의 풍랑이 오늘의 찬미 되고
오늘의 피비린내가 내일의 행복 되고
젊은 가슴 앞에 낡은 역사가 허물어지고
벅찬 가슴 앞에 사신(死神)이 소멸하고──

차라리 오늘은 풀떼죽 목 축이며
탁류(濁流) 수랑 한구석에서
새 아침을 위한 화약이 되리라.

〔1948년 6월 26일〕

# 말 없는 너


철없는 코스모스 해당그레 웃고
아해들 추석이라서 꼬까로 반기는데
아침에 나간 너가 죽은 짐승 되었다고
우리의 눈물 모르고 무심히 누웠고나

대들보 드러난
마지막 숨 없는 흙방에
처량한 촛불 눈물 지우고
창백한 너의 얼굴에
염불도 애달파——

너는 왜 말이 없느냐
언제 일어나려고
베로 손발을 묶는 대로
숨 막히게 얼굴을 싸는 대로
그저 죽은 듯이 누워만 있는 거냐

애처로운 동생의 통곡도 못 들은 척
정든 흙집을 버리고
꽃상여에 말없이 묻혀가는 너에게
또다시 물어본다

너는 어드메로 떠나느냐

눈 쌓이고 늑대 우는 산기슭으로?
우리는 네 상여 떼매주마
그러나 너를
어데로 보내어야……

〔1947년 추석〕

# 초(草)집

뜰에 들어서니 흙냄새 풍기는 내 집이요
흙이 거북 등허리같이 드러난
낯익은 벽짝이다.
내 어린 호흡에 흙냄새 들어왔고
내 가슴 또한 이 속에서 벌어났다는
우리는 흙의 벗 흙을 파먹는
농촌의 아들들——

수군거리는 긴 밀대밭 옆 두고 도란도란
즐겨가는 마을 스무 가구
여기는 해 지며 등잔불 보들게 피는
호젓한 보금자리이려니
보아라 위대한 혁명아의 모태
반항과 투쟁 그리고 창조의 어머니——

등거리 잠뱅이의 꾸준한 모습들아
배짱 내민 기와집을 둘러싸고
강철같이 자라나는 초가들의 내일이여
눈물과 도적 몰려가버린 그날의 들판 위에서
승리의 깃발 추켜들고 태양처럼 빛나거라.

〔1948년 6월 3일〕

# 빛나는 하늘에 봄은 다시 춤추고

장강(長江)의 기슭에 봄은 다시 싹트고
고향의 하늘은 하늘빛으로 빛나 있고나

우리들 모두
사라지듯이 작별한 마을과 벌판아
산과 나루턱과 나의 애인아
빼앗겼던 고향에 봄은 다시 춤추고
너희들은 또다시 나의 가슴에
무덤 되어 일제히 안기어오는구나
언젠가 풋소리 울리던 여름
목화꽃 피어나던 시절
내 온갖 청춘과 정열을 바쳐 정들은
길과 벗과 애인과를 버리고 떠나던 날
헝클어졌던 고향에 봄이 다시 춤출
오늘을 믿어 인사도 없이 떠나갔노라

뭇 빛나는 노래들을 실어 나르던
나루턱아 정들은 길들아
반가운 사람들아
노래를 할까 마을 앞 춤을 출까.

빛나는 하늘에 봄은 다시 춤추고
짓눌렸던 마을에
웃음의 꽃다발 어우러져 피누나

우리들은 죽도록 오늘처럼 기뻐 살자
빛나는 하늘 아래 노래하며 살자꾸나.

# 실연곡(失戀曲)


홍몽(鴻濛)한 황무지에서
나는 자연스런 풀처럼 자라났다

눈이 오고 꽃이 피고 낙엽이 져도
아름다워져만 가는 유현(幽玄)한 대지

목동의 피리 소리가 달빛에 합류하고
천야만야 높은 산맥의 웅자(雄姿)만이
부푸는 내 희망을 매혹했다……

그러나 어느날, 골짜기에서 눈이 몰려가던 계절
조야한 나의 처녀지 위에는 미의 정령인 양
숭고한 처녀의 모습이 나타나
꿈결처럼 나타나
나의 풋 정열은 미치고 말았다
나의 정(貞)한 심장은 환장하고 말았다

무구한 그 처녀는 나의 품에 안겨 사랑을 고백한 것이다
도도히 흐르는 강물도
별도
달도

두 청솔을 찬미하여
축복의 향연을 베풀었다

달콤한 처녀의 입은 나에게
행복한 모든 것을 약속해준 것이다……
숫기 좋은 성미
부서지는 폭포수처럼 조야하게 헝클어진 물결치는 머리
보는 마음을 산란케 하는 애수적인 까풀눈
건강한 흰 다리……

그것은 원시림 가지마다에 칼바람이 부딪쳐 찢어지던
매운 겨울이었다
우아한 그가 도시의 사치 도시의 소음에
시나브로 귀 기울이기 시작한 것은
그리고 그리로 나를 유인하기 비롯한 것은──

그러나 나는 황무지를 버리질 못했다
조심성스러이 처녀의 허영을 붙들었다
그리하여 하늘을 우러러 매혹적인 산맥을 가리켰다

그러나 어느날

처녀지와 산맥과 나의 희망 속에서
유성이 사라지듯 나의 여신은 사라지고 말았다
무지개처럼 나를 배반하고……

홍몽한 허허벌판에 버림을 받아
황혼을 띠고 나는 고적히 서 있었다 나는 울음마저 잃었었다
…………

그러나 그것도 옛날이어라!
나는 산맥 중허리에 오늘 서 있다
천야만야 높은 말랭이 위에보담 큰 굳센 매력이 있다!
많은 사람들의 피 흘리며 더듬어간 비탈길에서
절정(絶頂)을 우러러보는 아껴운 마음은
여린 감상(感傷)을 잊고도 남나니……

세기말의 폭풍이 오늘같이 드센 밤
방탕의 도심지에서
아마 그 처녀의 회한의 흐느낌이 들려오리라
멀리…… 지진의 소리와도 같이…… 멀리
지진의 소리와도 같이.

〔1951년 10월〕

* 나는 교향곡을 들을 적마다 교향악적 시를 써보고 싶은 충동을 받았다. 그래서 시험을 해보는 것이다.(저자 주)

# 헛소리

내가 살아 있대서 영광스러울 게
무에 있느냐
내가 죽어버렸대서 슬플 게
무에 있느냐
모든 것은 그저 예정된
그대로만 진행되고 있는걸.
그리고 인간은
모두 다 악질이었던 것이다.

〔1953년 12월 25일〕

# 고독

너는 내가 될 수 없고
나도 너가 될 수 없다더라
내가 너가 되건
네가 내 속에 들어오건
아 우리들은 왜 영영
한자리에 한때 있지 못하느냐
나는 고독히 언제나
너를 부른다
나는 언제나 너와 한자리에
있고 싶으도다
너와 나와 하나가 되고
싶은 것이도다.

〔1953년 12월 25일〕

# 내 가슴속에서 핏덩이가 미치는 것은

내가 우는 것은 너 때문이 아니다
계집아 너 때문에 눈물 흘려야 한다면
나의 눈물은 웃음보다도 가벼운 것이 아니겠느냐

눈바람이 흐느끼고 풋소리 울리던 날
이방(異方) 권력 앞에 내 짓밟혀 넘어지고
너는 나를 반역하고 너대로 가버릴 때

내가 운 것은 너 때문인 줄 아느냐

보라 삼천리강산이
모조리 불타 없어지고
죽어가는 백성들은 수십 없이 끌리어
시산(屍山)은 이국 궁전을 위하여
제방이 되며 있거늘

그 때문이다 내가 눈물 흘리는 것은
내 가슴속에서 핏덩이가 미치는 것은.

## 유한족(有閑族)

물결치는 무계
구렁이처럼 망측하게
냐무적거리다
뱃살에 고추씨 뿌리며 깔깔깔
잡아뜯어 목 졸라버리는 것이다.

알고 있었다 흐느적치는 몸살
그곳엔 골짜구니가 있고
꿀벌이 있고
독사가 있고
단물이 흐르고
언덕엔 길이 있어 닿으면 미끌져 나려가는
포근한 공원.
남모르는 마음이 있고 꽃 피는 덤불이 있고.

흐느적치는 암살 냐무적거리는 무계
오늘도 온종일 물방개인 양
이렇게 한아름. 저렇게 한아름……

그토록 살고 싶진 않은 것이다.
감추면서.

그냥, 못 살게.
행복하고 싶은 것이다.

[1956년 5월]

# 최신식 시인군(詩人群)


그들은 주력 잃은 역사의 패잔병들
뚱딴지 같은 군소리들을 씨부렁거리면서
대결의 그늘 뒷전으로만 배회한다
그들로부터 힘은 완전히 거세되었다
마치 바람 빠진 고무풍선처럼 축 늘어져서

원류를 따라 흐르던 물이
크낙한 장애를 만나 뒷걸음치며
양편 물가, 맨맛한 모래알 사이로만 실없이
스며들듯이
그들은 역사에 직면하기를 두려워
뚱딴지 같은 군소리들만 씨부렁거리면서
중생의 그늘, 뒷전으로만 회피한다

패각의 침실이 어떻다커니
손톱이 길어서 귀쑤시개가 좋다커니
배가 나와서 커피를 마셔야 된다커니
자꾸 한눈만 팔며, 자꾸 오만하게 복면만 한다.

# 시론

## 서장

하나를 우세케 하라
하나에게 승리를 주라
지(智)와 정(情)의 평형 조화는 영(靈)의 상쇄
육의 부패를 마련할 뿐이어라
그 어느 하나의 내달릴 길을 열어주라
나머지 것은 우세한 그 하나에게 동화돼서.
변화한 자신의 에너지를 승리자의 발광에 보태줄 수 있도록.
타산과
감정을 함께 살지 못하게 하여라
상식과 천재를
함께 여행하지 못하게 할지어다
하나를 부축해서 이기게 하라.
그러면 그것이 미친 비극이라도 좋다
다만 진실된 미소 속에서 그는 무엇인가
할 수 있으리라

## 제2장

청산 못할 바엔 떠들지나 말자
배암 구멍으로 들어가는 능구리와 같이
헤어나지도 못할 줄 의당히 알면서
못난 짓 엉거주춤을 버릇처럼 해보는
너 불굴의 방탕아여
차라리 수술 못할 바엔 자회(自悔)나 말자
천치가 되든 만치(萬痴)가 되든
수학의 손버릇을 작신 분질고
있는 대로의 핏방울이나 흔적도 없이
불붙게 하여라
시원스런 청산.


## 제3장

영리한 사람일 순 있었어도
선한 사람은 애당초 아니었다
지혜나 교양으로써 선을 행하고 있는 자
끄떡하면 부서지기 쉬운 너의 위태(危殆)

참으로 한량없이 선할 수 있는 자는
관상학적으로 착한 사람이라야만 된다.


## 제4장

편벽이라도 좋은
어떻든 하나의 님이 있어야겠다
과격이라도 좋은
어떻든 새로이 건축되는 세상이 있어야겠다
이것도 아닌 저것도 아닌
너 불평하는 우울자여
너는 산봉과 산봉 사이의 가라앉은 골짜기
잠시 쉬는 동안의
썩어 고자리 끓는 웅덩이여라
미숙한 대로 좋다
어떻든 목숨 바치고 싶은
행동이 있어얄 게다
건축이 있어얄 게다

[1954년]

526

## 말의 사기사님네께

한 천년 졸아나 보시지요
일제히 고개들을 끄덕대며
무슨 쌀롱이라던가에 들어앉아

별들이 왜 별입니까
그것은 땅덩이지요.
아 그 유명한 설계사 피카소씨라시쥬
아니, 저, 뭣이냐 그 입체파 기수들이라시던가요
멋쟁이시던데요
새파란 제자들을 대장처럼 데리구 앉아.

농사나 지으시면 한 백석직은.
품도 한창 아쉴 땐데.

염체 좋은 사람들
그래, 멀쩡한 정신들 가지구서
병신 노릇 하기가 그렇게나 장한가요

마음껏 흉물 쓰구
뒤나 자주 드나드시죠
양식은, 피땀 흘려 철마다 꼭꼭 보내 올릴게요

뽕 먹는 누에처럼 그 괴상한 소리나 부지런히 뽑아서 몸에
자꾸 감아보세요 (어떻게 되나)

참 훌륭도 하시던데요
어쩌면 그렇게도 꼭 같을까
미국 사람을 참 훌륭히도 닮으셨어
조끔만 더 있으면 우리말 같은 건……
(원체 일등국 언자는 양반 언자이니깐요
한 단어라도 많이 나열할수록 유식해요)

까다로운 정신님네들
무슨 어휘들이 그리도 풍부하오
위대한 예술은 민중이 알아들어선
못써요?

그만들 두시지요
아양 오용님네들
교활한 작업을랑 그만들 두시구
재주들이 있거든 세금술(細金術)이나 배우시지

가다 막히니깐 엉뚱한 사잇길로 도망가 앉으셔서

(정신이상증이시라면 몰라도요)
미래파요, 글쎄요, 실존이요
하 참 현대파이시라지요
아니 신직물주의(新直物主義) 시라던가
오 참 기계주의 인상파 인도주의 시라지요
영업 간판들이 푸짐도 하신데요

고추장 먹걸랑 순진들 해지세요

그리고 땅들이나 파시지요
어때요.
하, 그 현대 지성인의 고뇌 말씀이죠
주제넘으신 것 같으신데요
아드님이나 키우시지.
싫으시거든, 그럼, 고개들 맞대고 끄덕끄덕 한 천년 졸아나
보실까? '영자비석(英字碑石) 밑에들 모시구 앉아서'

# 당신 같은 사람에게

삼국지 낭독을 들으면서

그곳에 소낙비를 퍼부어주시오
벼락불을 나려주시오
모든 힘을 쏟게 하여주시오
그 한곳에서 땅과 하늘이 끝나버리게
파광(破狂)하여주시오.

오래인 것을 자만하듯 그렇게
실가닥 같은 소극의 행렬이 싫소
이다. 당신의 성의와 목적이
이 한곳에 있는 것이 아님을 아는
바엔. 천리 밖에 있는 실의
머리와 천년 후에 올 실가닥의 정조(整調)
를 탐람(貪婪)하는 데 있음을 아는 바엔.
자신을 늘여서 실을 뽑기로 말하면
우리 '인간'보담은 가축들이 득승(得勝)
볼 게 아니오니까.
그렇게 앞도 뒤도 없이 밋밋하니까
행적에 감긴 사람들이 백이면 백
멋지도록 기만당하기 쉬운 게 아니오니까.
가운데서도 천상의 가련한 혜택을
젤 많이 입어 행복에 겨운 것,

정에 가난했던 고아들.
열 푸른 실가닥 밑에 비 맞은 날파리떼처럼
늘어붙어 눈물겨웁도록 행복한 게
아니옵니까.

그곳에 소낙비를 퍼붓게 하여주시
오. 능청맞은 그 몸짓에
칼부림으로 육박하여주시오
그 한곳에서 모든 역량이
파열하도록 파광하여주시오.

# 손

항상 무엇인가 세우고 있노라 나의
머리는 이레 고단한 것이다.
세우는 지반이야말로 노상 흔들리는
무리, 꿈틀거리는 남의 등가죽이나
잠자는 동료의 평화한 무덤 위에 악착
스레도 나의 사지를 세우려 용쓴다.

어젯밤 나의 어깨 위엔 네개의 손이
돋아났다. 오늘 거리에선,
주인 모를 소나무를 머리에 심우고
아무 소리 없이 잘도 걸어다니는 동류(同類)
들을 보았다.
소시랑과 거름과 씨바구니를
들고 오늘 밤쯤 나의 뱃가죽 위에
누가 대들어옴직도 한 일이다.

군시러운 머릿속이다.
산봉우리와 언덕과, 개성과 군왕과
조형과 문화의, 수없이 즐비한
두드러기떼 같은 봉건영주의 문전(門前)들.

난들 어찌하란 말이냐
내가 지니고 있는 마지막 무엇
하나가 너로 하여 욕심 붙게 한단
말이냐.

그러면 좋다. 나는 무너져버려야겠다
가을밤 삼삼히 땅을 스며 솟는 이슬알
처럼 산봉과 산봉의 발밑을
흘러 억만년 육지의 인하(引下)에 철썩
이는 무언의 바다처럼
밑바닥으로 밑바닥으로만
잦아들자.

(한지경쟁(限地競爭)을 회피하여 기름진 초원
을 물러가는 못생긴 사슴의 유(類)처럼
나도 그렇게 꽃 한 방울 없는 초원(焦原)
에라도 도망가버려야겠다)

항상 무엇인가 세우고 있노라
나의 머리는 이레 고단한 것이다.

# 주막집에서

술이라도 먹고 싶은 밤
술이라도 마시고 진탕 취하고 싶은 밤
달도 뜨지 마라 외면하고 싶은
창백한 얼굴
별들도 없어라 지저분하니까.

무서웁도록 어두운 하늘 높이선 매운 바람이 포효하고
문풍지도 비명인 양 신음인 양 울부르짖는데
등잔불은 호놋이 불타고 자리 바닥은 행복하도록 따가웁구나
원래 망각의 술은
가슴속에 멍이 든 방랑자를 위하여 빚은 것이려니,
벗이여 무엇을 저어하랴 진탕히 마시자

이와 같은 밤
나에게도 포근한 고향이 있었더니라
버얼건 화롯가에 앉아 알밤을 굽노라면
나어린 동생이 철없이 안기어 입 맞추려 대드는……

벗이여, 진탕히 들이키자구
발광하던 바람도 이제는 잠잠하고
먹 같은 하늘에서, 마구 함박눈이 쏟아지는가부다

홍진(紅塵)을 온통 뒤덮어나 버릴 듯이

아마 오늘 같은 밤
엇가지 못하는 내 고향 이집 저집에선
종적 모르는 아들딸들의 무사를 빌어
함박눈을 뒤집어써가며
늙은 어머니들이 고시시루 앞에 무릎 꿇고 있을 게다.

여보 마님!
술을 주 술 술을
자 온갖 것을 잊어보자구
뿔뿔이 헤어진 만나지 못할 친구들의 이름이며
사랑하던 사람의 살냄새이며
창자가 찢어진 조국의 모습이며

내일은 낯설은 경상도 어느 산길에서
굶주려 쓰러질지라도
다만 일생에 오늘 하룻밤만은
순진한 패륜 속에 녹초가 되도록 취해보련다.

〔1951년〕

## 까닭 없는 허망

굳은비 나리는 심란한 저녁이면
이렇게 실없는 편지라도 써야
합니다.
장막을 넘어서 아니 뵈는 딴
세상이야 노래로 빛난다면 무슨
소용이겠습니까.
소음이 꺼지고 찬바람이
나오면은 이렇게 까닭 없는
얘기라도 지껄여야 합니다.
뉘게서 연유돼서 뉘게로 향하는
행복한 나그네라면 무슨
소용이겠습니까.
눈물도 사랑도 미움도 나도
있는 것보다는 없는 게 낫겠습니다.
당신은 오고 당신은 돌아갔고
나는 다시 와 나는 다시 돌아와
바보 같은 세상에서 언제까지
이렇게 미치지 않는 생각만
풀어서 무슨 소용이겠습니까.
그렇다고 들새 노을에 집 찾아
아니 돌아올 순 없다겠지요.

족제비 식구 찾아 산등 넘는
즈음엔 체온을 지탱하며
서러운 사람마냥
까닭 없는 사람에게라도
편지를 써야 합니다.

〔1956년 9월 9일〕

* 육필 원문과 대조한 결과 유고시집 『꽃같이 그대 쓰러진』에는 마지막
  12행이 누락되어 있었음을 밝혀둔다.

# 십이월에

어깨 너머로 흰 비단자락 쏟아져나리네.
붉은 까치밥 열매 사뿐 밟으며 전원락(田園樂)
사이를 돌아든 소설(小雪)의 아가씨, 제발
서성이지 말고 떠나줬으면……

보숭 솟은 귀밑 구릉 넘은 젖가슴 겨드랑 허리
그 아래로 흘러간 긴 억겁만년의 정다운
이야기, 강 다리 입술
그녀는 함박눈을 웃으며 얼마나 멀리
달아나고만 있었을까, 타향 개 짖는 소릴
들었을까. 달무리도 있었을까. 입김도
마음속도 더위에 닳고 있었을까. 그 발밑에
몸부림쳤던 못난 사내는
십이월이면 천연스레 돌아온다.
더운 허벅다리로 눈벌판을 디디고 서서
하잘들 없는 운명 앞에 돌아서서
버리다 만 꽃다발 풀어 서러운 자에게 또 장난을
신청하는 것이다.

# 망령

가거라 어데든 너의 바라는 곳
너를 바래주는 사람 없어도
무섭 타지 말고
물귀신 산귀신 울어예는
음침한 암흑 속을 빛도 없이 가거라.

〔1952년 9월〕

# 밤의 기도

내사 차라리 없어져나 봐야겠다
정말로 없어져나 봐야겠다
누구든 나를 와 끄을고 가려마
악마여 세상에서 제일 악독한 악마여
너라도 좋다 어서 바삐 와 나를
끄을고 가려마.

〔1953년 12월〕

# 사지(死地)


가리라
세월없이 가리라
바람이 휘모는 대로 세월없이 가리라

제발
제발이여

꽃춤처럼 맴돌며
쫓기는 그림자
쫓는 그림자

눈물겹게 도망하리라
눈물겹게 도망하리라.

[1952년 여름]

# 화살

모든 것은 끝나려는도다
헛나간 나의 화살
허술지술 거꾸러지려 하는도다
아 가련한 인정의 결론이여
쓰레기가 돼버린
나의 순정이여.

# 추운 아침 병석에서

간밤엔 무엇인가 왔나봅니다
어서 창 좀 열어보십시오

네?
무엇이?……
눈이 쌓였에요?
그리고 지금도 나리고 있에요?
…………
앞 벌판 좀 보아주세요
강가 솔밭에도 눈이 쌓였지요
그리고 하얀 벌판 속을 걸어오는 사람이 있겠지요……
없에요?
하나도?…… 아 참 올해엔 없을 거예요……

A MA NI
나의 얼굴이 눈처럼 창백하지요?
지금 나의 마음 위에도 풍성한 함박눈이 쏟아지고 있에요
아물은 생채기가 다시 도지었에요
김이 보이시지요?
피 서린 허——연 김이 오르는 게 보이시지요?

시원한 동김치가 마시고 싶어요
바람이 불지요?
눈보라가 가로세로 흩날리나보지요?
(괜찮아요)
난 차라리 밖을 보지 않으렵니다
A MA NI 나의 병은 금세 나아질 것만 같애요……

## 산보로(散步路)

물새들 떼 지어 날아다니는 강변
강물 빛 고웁고 모래알들 춤추는데
어느 푸른 하늘 아래 남모르는 산보길을
외로운 내 발만 타박거려 있다

하늘이 내려와 가라앉은
맑은 물속에
밀대 모자로 덮여
나만 말없이 굽어 비치고
실바람이 올 적마다 간드러지게 흐느껴 흔들렸다

물새들 모여 저희끼리 노는 곳
긴 한숨 잊고서나 조심스레 걸어간다
아 내 마음 몰라주는
야들아 왜 그리 도망만 하려드냐
무한한 속에
시간과 공간을 같이하는 우리에겐
아름다운 인연이 있나본데—

벗들의 한숨 젖은 강바람 무심히 입술 스쳐만
가고

마음 있는 발길 찾을 수 없어

외로운 나는 가슴 허(虛)해
대지에 엎어지다.

〔1948년 8월 20일〕

# 불치병 환견(患犬)


여기 찬바람 부는 어느 지역에
병들은 개가 누워 있도다
그리고 멀리 호화로운 지역에는 백장 주인이 주반(珠盤)을
놓고 있도다
죽어가는 개는 부지런히 주인의 눈치만 살피고 있노라
백장 주인은 맛을 보느라고 뒷다리를 도리면서
슬슬 궁뎅이를 긁어줬다
약도 좀 주었도다
그 바람에 개는 눈물 흘리며 좋아했노라
아뿔사, 불치병임을 진료한 주인은
못 본 척 냉정해졌도다
그러면 죽어가는 개는 또 한번 호소해보도다

〔1950년 2월〕

## 세기말의 독백

장난입니다. 그저 우주의 장난입니다.
있는 것은 없는 것이고 없는 것은 있는 것입니다.
기왕이 돌 바엔 후닥닥 돌아버리고 말지 왜 이렇게
지구가 세월없이 더디답니까(늘쩡하답니까).

아무것두 아닙니다. 흙에서 버섯이 돋아나고
버섯이 다시 무너져 흙이 되듯이
생명두, 아무것두, 아닙니다.
달의 표면에 아무것두 없다듯이 여기에두 아무것두
없어야 합니다 없을 것입니다.

심심풀이입니다.
(우주의 심심풀이입니다)

이렇게 돌다가 끝끝내 실명이 떨어지면
아무렇게나 풍산(風散)해버리구 말 물거품입니다.
그때까지 우리들은 재수 없이 돋아나는
재수 없이 돋아났다 무너지는 버섯들입니다.
재수 없이 돋아났다 무너지는 버섯들입니다.

# 잘난 놈과 미친놈의 대화

예이 미친 천치 바보야 그래
남이 알아주지도 않는 골방 선비로 종신(終身)할려냐
명예와 호사가 부럽지 않으냐

천만에, 아무것도.

히히 그렇다면 채 이름도 내지 못하고
죽어도 좋단 말이냐, 이 제멋에 사는 놈아

아무렴! 이 잘난 놈아
나는 지옥 앞에서 춤추는 너희들을
한없이 비웃으마

하하, 죽음도 무섭지 않다면 그러면
무슨 까닭으로 사느냐, 이 미친놈아

죽음이나 고난을 무서워하는 것은
불쌍한 너희뿐이다
나는 어느 때 무엇이 압도해도 한발짝 한발짝,
나의 길을 개척해나갈 뿐이다.

# 찬가

뭐……
그리 대단한 것
못되더군요

꽃이 핀 길가에
잠시 머물러 서서

맑은 바람을
마셨어요

모여온 모습들이 곱다 해도
뭐 그리 대단한 것
아니더군요?

없어져 도리하며
살아보겠어요

맑은 바람은
얼마나 편안할까요.


*3부에 수록된 「어느 해의 유언」과 동일한 작품임.

# 등타령

얼중덜 호랑등은
만첩청산 어데 두고
절에 공중 걸렸더냐

물색 좋다 초롱등은
황매장사 어데 두고
절에 높이 걸렸느냐

꼬부랑 꽁작 새우등은
얼멍이 구녕 왜 마다하고
절에 껑충 걸렸느냐

목 질다 황새등은
노틀밭을 왜 마다하고
절에 높이 걸렸더냐

목 짤웁다 자라등은
벅사지를 어따 두고
절에 공중 걸렸느냐

탈탈 뛰는 숭어등은

서해바다 어따 두고
절에 높이 걸렸더냐

넓적하다 붕어등은
둠벙강은 어데 두고
절에 공중 걸렸느냐.

# 총각타령

머리 머리 밭머리
동부 따는 저 큰애기
머리 끝에 드린 댕기
공단인가 대단인가
공단이건 나 좀 주게
뭘 하냐고 달라는가
망근당근 뀌어쓰고
자네 집에 장가감세
장갈랑은 오소만은
눈비 올 제 오지 말게

우산 갈모 걸 데 없네
갈몰랑은 깔고 자고
우산일랑 덮고 자세
잠잘 적에 꾸는 꿈은
무릉도화 부럽잖고
같이 잡고 거닐 적엔
비바람도 꺼림 없네
풍파 속에 사는 세상
님 놔두고 어이 살까
장가들라 어서 오소

# 항도에서

표독한 바닷바람마저 나를 업신여기어
탑새기를 불어다 뒤집어씌워준다
눈이 멀었나부다
눈먼 무서움이여
귀가 먹었나부다
귀먹은 외로움이여

사람들은 멀리에 있어 아득히
없는 세상에나 있나보나
운명은 나를 놀리기 위하여 코 없는 구더기들
속에 나의 혼을 몰아넣어놓고 구박하는 것이다
나는 의붓자식처럼 많은 사람들 중에 다만
혼자서 상점 거리를 걸어간다

사람들은 얼굴들마저 차림차림마저 나와는
사귈 수 없이 달라, 금화로 포장한 사랑들을
안고 저희끼리 골목에서 골목 속으로 숨어버린다

여기는 나의 고국이 아닌가부다
여기는 어느새 저승길까지도 더 왔나보나
저승 온 목숨의 주린 몸부림을 받아줄 인정은

없는 것이다
악머구리떼같이 악을 쓰는 무덤들 가운데 서서
악마처럼 숨가쁘게 외쳐봐라
인촌은 쑥대밭 됐느니라
사해에 고향은 없는 것이다

억천마리 가마귀떼라도 그것이 나의 마지막 이단을 쪼아 먹
는 것이어라면
내맡겨주마
오,
이대로 죽어버리고 싶은
훌륭한 순간이여

〔1954년〕

# 가을


바람이 설스렁
귓전을 스치면
언젠가 울다 말은
애상의 버릇처럼
못내 마음 고허(孤虛)해오다가
밤털이 데리고 가려픈
너 빨래 갔음이사
생각고
진정 오늘 가을만은
나 쓸쓸치 않아라.

〔1954년 여름〕

# 들국화

동혈산(洞穴山)에 불붙는 단풍과 같이
내 마음 훨훨 불타오른다

까마귀는 울어도 쓸쓸한 시골길
들에 산에 나타나는 너의 목소리 너의 얼굴

동혈산에 물드는 붉은빛과 같이
내 마음 곱게 곱게 불타오른다

궂은비는 나려도 외로운 시골길
들국화는 피어서 나에게 이르는 말

어때요 나의 향기가? 나도 목숨이야요
근데 아저씨 눈동잔 누굴 생각하셔요, 네?

# 서귀포

누군가, 이곳에 배 띄웠다 하더라.
그날, 불로초는 몇 포대나 얽매고 갔을까……

천제연 가는 길엔 비만 흩뿌려오고
껌 파는 동생애들 밥 내가던 소녀가,
발밑 기어가는 바닷게를 잡아준다.

늪 속 열두길, 천연기념물이어선가 뱀장어
보이질 않고
양쪽 벼랑 이끼 묻은 화강암은
육지돌 같아 정다운데,

깍두기집 없는 포구에서, 또
나는 뉘와 더불어 서귀하란 말인가……

원주민의 남루는 바람에 날려 치솟고
먼 파도가 태평양다히 부서지는데

허기진 나그네의 허리 아래로, 팔월달의
빗물만 흘러나리더라.

# 제야삼상(祭夜三像)


아미로운 몸 즈김.
땅 위에 첩첩 엎디어트려 액체 같은 팔
가닥으로 얼굴을 싸 묻음.
맨발 번 뒤꿈 위에 나려앉은 육혼.
포근한 체온에 묻어 흐느끼는 비단.
무엇을 보았으면 그리도 마음 여미게 하나.

어두운 칠야 황동 제기서 푸르스름 설화
하여 저승 솟는 향연 불.

감싸 파묻은 머리 앞에 두 발 모아 벋어 서서.
공손하게, 경건하게, 기인 두 팔 드려.
공을 받들어 검은 천상을 우러른
또 하나의
창.

〔1956년 4월〕

## 얼마나 반가웠으면

얼마나 반가웠으면 나 돌아올 때마다
해햇거리며 궁둥방아를 찧어쌓을 것이랴.

이웃과 이웃 서로 등 대고 지내는 각박한 소읍
찬바람 속에서 오직 마음 통하고 지내는 사이는
우리 세 식구뿐이었기에.

바람에 쓸려 어쩌다 흘러들어간 산촌
장날이면 헤어진 장꾼들만 오가는 길갓방
우리 셋은 싸움의 터전을 거기 잡고
양식을 물어들이기 시작했던 그날에.

앉혀만 놓아도 십상 넘어지기 좋아하는
까아만 그 두 눈 속에
인적 드문 산골 아침에 나가 저녁에 돌아오는 내 모습이
얼마나 반가웠으면 나 돌아올 때마다
해햇거리며 세상 모르고 궁둥방아를 찧어쌓을 것이랴.

〔1958년 3월〕

# 십이행시

몰랐지 아무도
무덤가 패랭이

산 넘고 물 건너
예 와 핀 줄

있었지 또 하나
영 넘어오던 길

천신도 모르게
스쳐온 아네모네

잊었지 둘 함께
빈손 쥐 가과져

무넜지 둘 함께
빈손 쥐 가과져.

〔1956년 7월〕

## 악곡(樂曲)을 위하여

구름은 흘러라
저 달빛은 남실렁
숲 속의 아가씨들
밤을 새워 춤춘다
여레히 춤추는
눈물 어린 아가씨들
꽃이파릴 밟으며
춤을 추는 그림자

〔1950년 5월 20일〕

# 달밤 풍속

빛 푸른 달밤
터질 듯한 색시들이
동구 밖으로 나와
손에 손목 맞잡고
노래 부른다
한가위의 달밤 꽃잎 문 입술.

노래하는 수레는 돌아간다
꿈결처럼 아득한 달빛 속에서
먼 대기가 탐스런 목청을 쪽쪽이 빨아 색힌다.

낮에는 성묘, 밤에는 달맞이
강가 언덕에서
총각들이 씨름을 놀이한다.

저기로 가자
베틀은 내일도 있고 모레도 있지 않으냐

꽃이파릴 뿌리며
숙성한 아가씨들은 달리어간다
갈바람이 설레인다

가슴속마다 눈물을 적시며 적삼 속마다
더운 한숨이 인다.

논길을 지나 숲을 지나
푸짐한 아우성 소리 나는 데로
흰 젖가슴을 헤치고
노래를 외우며
한가위의 달밤 눈물어린 아가씨.

[1951년 10월]

# 가뭄비

단오절에


나뭇가지여
손을 저으라

그럼!
바람은
몇만리
손을
저으라

긴 치마
치렁머리
마냥
엎으러져
손을
저으라

젖은 몸매
호들갑스럽게
아양 떨며
비를 맞으렴

가는 시름
오는 시름
다 풀어
그네같이
훨훨
비를
부르렴.

〔1955년. 6군단에서〕


* 서울에서 포천까지는 백여리길 가로수가 좋았다.(저자 주)

# 시골 밤의 서정

지붕마다 들마다
풋풋이 함박눈이 곱쌓이는 밤
그러한 밤이면 의례히
어데선가 동김치 바수는 소리
시루떡
시루떡에 풍성히 익는 내음새

무심히(그리운)
하트는 함부로 환장해서 미친개처럼
마을 눈길을 나는
미친개처럼
쏴댔느니라.

〔1949년 12월 1일〕

# 가을 애상곡

아니
어느새 볏모감일 씹어보라고?
가을을 씹으라고?

흥 이 사람아
난 뒀다가 보려네
눈이 타네

가을이여
조끔만 참아라.

〔1949년 8월〕

# 체온

눈 날리는 겨울날
계집의
인조견 저고리는 눈처럼 차갑지만
더운 피가 순환하는
허벅다리는
열이 높다
다습다.

〔1948년 11월 17일〕

## 조락(凋落)된 콩밭

여름내 짱짱한 그늘을 지어가지고
번화한 놀이를 하다가
지붕이 쏟아지고
옷자락이 날려가면.
찬 하늘 별빛이 등허리에 차고
동무들은 손에 닿질 않아
콩들은
휘적하게 떨다가
우수수 거친 바람에
오곤도곤 맞붙으려
애를 태웠다.

[1948년 11월 15일]

# 계향(季香)


낙엽들 흐느끼고
콩알 튕기치는 가을
알상수리 고구마 목화다래——

오 계절이여 계절의 향기여
나는 그대를 호흡한다
너를 붙안고서

내 마음 추억을 쫓고
내 가슴 계향에 적시우면

내 심장은 부풀어
이 순간마다가 미치도록 향그럽고나

아무도 빼앗지 못할
내 기쁨 이 슬픔

머금자
영원한 눈물과
무진(無盡)하는 정열.

〔1948년 9월 14일〕

# 창포

숙숙한 찬비는 주룩주룩 나리는데
찬 유리창에 이마를 기대이고
남색 외로운 창포만 바라본다.

빗줄기 속에 떠올랐다간 조용히 숨어버리는
못 견디게 그리운 모습
혈맥을 타고 치밀어오는 애수 고독 적막

눈물이 조용히 뺨을 흘러나린다.

찢기운 이 마음 우수 짙은 빗줄기 속을 방황하는데
한결 저 꽃에서만 설레이는 이 가슴에
정다운 속삭임이

아아 마구 뛰어나가 꽃잎이 이지러지도록
입술에 부벼보고 싶고나
미칠 듯이 넘치는 가슴에
힘껏 눌러보고 싶고나.

〔1948년 5월 10일〕

# 눈의 서정

눈은 차다 비단 저고리처럼
눈은 희다 여인의 손같이
눈은 수줍다
숫처녀처럼 수줍다

향리(鄕里)를 떠난 눈의 동행은
님 계신 뜰에로
나의 뜰에로 헤져 앉는다

눈은 쉰다 잠드는 여인처럼
눈은 좋다 추억하는 여인같이
눈은 웃는다
숫처녀처럼 웃는다.

〔1950년 1월 15일〕

# 백마강변(白馬江邊)


오돌개 붉게 매달린 뽕가지 젖히고 나서니
후련하게 열리는 백사장
말없이 누워 있는 흰 거구(巨軀)

한복판이다 나는 눕는다
하늘처럼 터져나가는 가슴……
무서웁도록 푸른 하늘에 한 쪼각 떠가던
새하얀 구름 부서져가고
발밑에 금강은 터더부덕거리다.

아득히 대지를 붙안고 엎어지면
억척스런 울음을 깔기면서
모래판을 달음질치는 물새 그림자
강바람에 사그락사그락 둥글려 다니는
하염없는 모래의 비가(悲歌)

잠잠한 지평선 저 너머로 영원의 하늘이 넘어가고
한결 넓단 모래밭 위에
바싹 마른 그이 깍지가 외로이 이채를 띠우고 있어
내어던져진 옷자락 위에 모래알들 다투며
올라앉는다……

이젠 발자국도 묻혀버린 사장 복판에
나는 나만 앉아 있고
멀리 해 뜨는 쪽 하늘에 늠름하게 일어선
적운(積雲) 불그스름히 물들어가는고나

자 그러면
행길을 찾아 새로운 발자국 디디어 나가자.

〔1948년 6월 4일〕

# 전설 같은 풍속으로 돌아가자

숙(淑)아 너의 고운 얼굴이 조석으로 우물가에 비최이던
오래지 않은 옛날로 가자.
수수럭거리는 수수밭 사이 걸쭉스런 웃음들이 들려나오면서
호미와 바구니를 들은 화안한 얼굴들이 그림처럼 나타나는
석양……
구슬처럼 흘러가는 냇물 가 맨발을 담그고 늘어앉아 빨래들을
하던 전설 같은 풍속으로 돌아가자.

항구가 위텁다. 숙아 회올리는 무지갯빛 유행의 '마카오'에
넋 빼앗기지 말고 철 따라 푸짐히 두레를 먹던
정자나무 마을로 돌아가자.
미끈덩한 기생충의 무위와 허영에 인이 배기기 전으로
눈빛 아침처럼 빛나던 우리들의 고향 병들지 않은
젊음을 찾아가자.

숙아, 허물어질까 두렵노라 독버섯 같은 문명의 흉낼랑
고만 내자. 들국화처럼 소박한 목숨을 가구기 위하여,
맨발을 벗고 콩바심하던 그 '미개지'로 가자
달이 뜨는 명절 밤 비단치마를 나부끼면서 떼지어 춤추던
전설 같은 풍속으로 돌아가자.
  *3부에 수록된 「향(香)아」와 유사함.

576

# 하늘에 흰 구름을 보고서

하늘에
흰 구름을
보고서
이 세상에 나온 것들의
고향을 생각했다

즐겁고저
입술을 나누고
아름다웁고저
화장을 해 보이고

우리.
돌아가야 할 고향은
딴 데 있었기 때문……

그렇지 않고서
이 세상이 이렇게
수선할
까닭이 없다.

* 3부에 수록된 「고향」과 동일한 작품임.

# 산 고개 가는 길에

산 고개 가는 길에
개미도 집을 짓고
움막도 심심해라

까중나무 마을선
푸성귀 냄새

살구나무 마을선
때를 모를 졸음

산 고개 가는 길에
솔이라도 씹어야지
할멈이라도 보아야지

# 오막살이집

이따금
아해들의
실같이 가느단 목소리가 꼬리를 물고
가뭇가뭇 사라질 뿐.
한 떨기 바람이 수줍은 양
숨쉬고 스러질 때마다
깐닥이는 꽃방울도
짐승도
동리도
고요한 오후 세상은
더위에 보대끼어 졸고 있다.

쥐 죽은 듯 고요한 숨 막히는 오막집
옥수수 울 사이로
철없는 박꽃이랑 조오는 해바라기 입 맞추고.

꿉꿉한 무명치마 지저분히 걸뜨린 채
옛날 풍습밖엔 아무것도 모르는
합죽 할멈은 툇마루에 앉아
하이얀 머리칼을 한두 낱
진주처럼 날리우며 고달파 졸고.

상사발 투가리 종재기 서너갤
서툴리 포개논 거무죽한 궤짝에 기대어

배고픔에 시달린
걸레 두른 애어매도
짜부라진 젖꼭지랑 함께 조는 부엌짝

모두들 졸음 속에서 가물거리는데
동무도 없는 빨가둥이 외따로 앉아
숱 많은 머리만 원망 없이 긁는
그늘진 부엌짝

나날이
심심해만 가는
맥 풀린 살림살이 졸음이 오는 살림을
송두리째 뒤엎어주기 전
이름이사 해방이고
이름이사 독립이고
그들은 존다
배불리 살기 전엔
새 나라를 몰라본다.

# 설야(雪夜)

어느 선명한 추억을 싣고 눈이 나립니다
  까만 하늘에서 대지에로 묵묵히 흰 꽃을 실은 검은 바다가
흐릅니다.

시커먼 긴 연돌(煙突)에서 검은 김 떨며 뛰어나옵니다.

잃었던 추억의 조각
아해들처럼 그냥 맥없이 좋아서 하도 좋아서
혀가 떨립니다 하트가 환장합니다.

낯익은 그날의 눈송이
철없이 날아와 입술 위에 녹건만
슬픈지 좋은지 가슴은 설레이고
애수 추상(追想)은 혈액이 되어
나는 미친개처럼 미친개처럼 배회합니다.

지붕이 얼어 눈이 부서지는 이 한밤
예쁜 새를 오그리고 있으련만
우리 지구 우주여행 한다지요.

아무 기척 없고 입김 서리는 먹 같은 하늘에

시큼시큼 지붕들 얼어 잠기고
창문 안 호놋한 등불을 가시어가면서
눈은 조용히 나립니다.

〔1947년 11월 19일〕

# 빛나는 강 언덕에서

꽃가룬들 아니 날아오랴
철은 이르지만
철은 이르지만

아름다운 하늘은 넘쳐흐르는 햇빛
향기론 바람은 머리칼에 속살대다

풍장이라도 들려올 듯
풍경화처럼 조용한 대낮
유화(油畵) 빛 강물은 미끄러이 굽이돌고

묵은 계절을 추억과 함께 작별하면
빛나는 가슴, 가슴은 수줍음처럼 반가워……

홀로 놓인 돌방석
우리 함께 강 언덕에 올라와
그리움처럼 노래 부르노라
그리움처럼 노래 부르노라
머언 나라

강물을 건너 둑길을 지나

까마득한 산맥을 넘어
그곳이 어데라도 좋다
가다가서 쓰러져도 좋은 길

〔1952년〕

# 회향(回鄕)

달빛이
쪽쪽이 얼어붙는 밤
가랑잎은
쫓겨온 고국이 아쉬어
떨다
엎으러졌다.

〔1949년 12월 1일〕

# 불치마

닭 꽁지 바람에 날리고
짐승 슬피 운다

나무꾼 진달래에
세상은 염병을 앓는데

봄바람은 귀신 바람
시골 색실 죽여놓는다

봄 불은 귀신불
불치마를 뒤집어써라.

[1955년. 6군단에서]

# 헌사(獻辭)

## 향기의 효과

바다로 나오라
상냥하게 불어오는 머언 냄새처럼
나야 거기서 기다리고 있으마

꿀을 나르다 지친 꿀벌처럼, 나른나른한
마음에 젖어 있는 매무새여!

천년이라도나 한평생이라도 좋아
저 머얼리 잊어버릴 듯이 저 머얼리
세월을 흘러버리고

상냥한 훈풍처럼 바다로 나오라

산에선 우거진 녹음 속에 '따바리'와
주검이 누워 있었다고 어제 신문은 얘기하고

들뜨지 말서 바다로 나오라!
조개 줍던 태고(太古)와 태고 같은 햇빛 속에
찬란히 마주 서는
그리하여 미소 뿌려 머리칼 날리는
머언 바다로 나오라

# 제5부

미간 시편

# 혁명아(兒)
눈 속에서 꺾어온 밤나무 가지의 싹


대자연은 파괴만으로 그치지 않았다
너희들에 새로운 봄을 약속해주고 갔다

눈과 어둠에 덮인 침묵과 죽음의 세계 속에서
아름다운 봄 천지를 꿈꾸고 있는 자여
향기로운 봄을 비밀히 약속한 자여
너의 몸엔 창조와 활동의 꿈이 숨어 있다
때가 오면 파——란 투사들이 천개 만개 툭툭 튀어나오려고
대기하고 있다

모든 무지와 의심은
너를 보고야 봄이 꼭 오리라는
필연과 진리를 깨달았다

매서운 눈바람과 용감히 싸워가며
굳세게 봄을 지니고 있는 자여

오 너는
이 죽음과 신음의 발판을 파괴하고
거동과 자유 건설과 희망의 새봄을
연출시키려는 위대한 혁명아

〔1948년 1월 9일〕

# 이 땅의 이날


나무 심는 소년의 괭이 끝에
나물 캐는 소녀의 머리카락에
햇빛은 명랑한데 봄은 아직 어리어

자유 그것 아니면 죽음을 달라고 아우성친
피와 낫으로 아로새긴 인민 항쟁의 날

그 원수 물러간 날이라
자유와 평화가 미소하는 마을에서
이 땅을 굳게 지켜야 할 이날이건만

오늘은 오늘은
이 거리가 왜 이다지도 쓸쓸하냐
긴장한 총구 누구를 겨누느냐

오늘은 저들의 것
찬란히 빛날 내일은 우리의 것

또다시 오는 이날엘랑
××* 없는 마을 속에 뒷골목아 없어야 한다
평화의 행진곡이 흘러야 한다

〔1948년 3월 1일〕

* 육필 원고의 한자를 판독할 수 없음.

# 추상(追想)

해가 숨으면서 어둠을 생각게 하는 붉은 노을이 떴다
그 위에는 은빛 구름이 줄게줄게 희망을 싣고
퍼져 있었다 아 지난날의 추억……
저 구름 아래 모래밭에서 새로운 사회를 꿈꾸던 굳건한 동무
수제비 냄새 풍긴 신선한 저녁 멍석 위에 둘러앉아 이론을
배우던 날
지금은 그 씩씩하던 동무도 흙 속에 누워 영원한 잠을 자고
있다……
하이얀 등산모를 쓴 안순(安順)이가
논두렁을 걸어 저쪽 솔밭 속으로 가던 뒷모양
아 지금 내 마음속에서 꽃구름같이 떠오르고 있는 것은 과
거의 추억밖에는 없지 않은가!
비록 현실에서 울지언(정)* 과거를 추억하고 미래를 동경하
며 고뇌 많은 현실이 미래에 행복 될 것을 믿음으로써 굳게 오
늘을 지킬 수 있지 않은가……
이 세계의 모든 사상은 한번 이루어진 이상 필연적으로 파
괴되고야 말고 있다
사람은 이 가운데를 구름같이 여행하고 있는 것이다
그러다가 그들의 길에 필연적으로 놓여 있는 '죽음'이라는
운명에 사로잡히고 마는 것이다
사랑을 맺어 즐기려는 순간에 벌써 그들의 행복에는 저녁

해가 찾아오고
　이별의 싸늘한 손목이 뻗쳐지는 것이다
　모든 것은 움직이고 있다
　영원한 그리고 무한대한 여명의 물결 속에서

〔1948년 4월 25일〕

　＊원문에는 '울지언'으로 되어 있으나 탈자로 판단됨.

# 탈피(脫皮)의 강반(江畔)에서

구역질 나는 도심지대 더러운 사교장
가면무도장을 벗어나와
샅샅이 젊음을 조사 먹히는 인육시장을
묘연(渺然)히 벗어나와(떠나와)*

여기,
강을 건너 의연히 버티어 섰을 푸른 산맥
체온과 청춘의 아성에로 통하는
피 맺힌 강반에 서서
너는 너는 무엇을 뒤돌아보는가
너며 나인 형제여

집요(執拗)**히 매어달리는 미련과 인습과
겹겹이 육체를 휘감은 황금이며 누더기며
홀홀히 다만 홀홀히 벗어 화장터로 날리우고
알몸 가진 사람아

마구
노동***하기 비롯한 창조의 산맥을 위하여
탈피의 강을 건너려나
너며 나인 형제여

〔1950년 1월〕

＊괄호 안의 구절로 쓸 것인지 궁리한 퇴고의 흔적.
＊＊원문에는 '執扙히'로 되어 있으나 착오로 판단됨.
＊＊＊원문에는 勞動이 아닌 怒動으로 표기되어 있는데, 단순 착오인지
　　아니면 노동에 대한 새로운 의미를 부여한 것인지 검토해볼 만함.

# F부인의 증언<sup>*</sup>

그런 건 모릅니다
내 언제 그런 소릴 했던가요
당신이 좋다길래
그런 것 있나부다 했을 뿐
그런 꽃 아름답다곤 말해본 기억
없습니다

내 언제 그런 생각을 했던가요
당신이 밉길래
당신 지나가는 밭 언덕에서
고개 돌려 강바람을 마셨을 뿐
당신 생각에 눈물 닦아본 기억은
없습니다

그런 것 모릅니다.
내 언제 그런 날을 살았던가요
하 목이 타길래 하늘이 주는
물 받아 마셨을 뿐
당신에게 입을 벌려 구해본 기억
내 정신엔 없습니다.

〔1956년 2월 20일〕

* 원문에는 제목 옆에 '記憶'이라 씌어 있는 것으로 보아 제목을 정하는
  데 고민이 있었던 것으로 보임.

# 바른쪽 가슴에 광목 조각을

바른쪽 가슴에 하늘빛 광목 조각을 달고 다닙시다

말하고 싶어도 말하지 못하는 우리,
시위하고 싶어도 데모 못하는 우리,
조용한 주권자의 의사를 나타내기 위하여

오늘부터 바른쪽 가슴마다, 세로 2쎈티, 가로 2쎈티, 잉크빛
천 조각을 달고 다닙시다

우리들의 아들딸이 곤봉에 거꾸러지고
우리들의 형제가 구둣발에 짓밟혀도
말 한마디 못하고 서서 구경만 해야 하는
이 나라의 주인인 우리 주민들의 정당한 의사를 나타내기
위하여

우리 오늘부터 첫눈이 올 때까지
바른쪽 가슴마다 하늘빛 광목 조각을
달고 다닙시다.

그러면 며칠 안 가서, 서울, 대구, 광주, 부산, 모든 국민이
하늘빛 '반대(反對)'를 가슴에 달면,

과연 굴욕외교와 일당전횡(一黨專橫)을 찬성하는 얼굴들이,
삼천리강토에 몇 사람이나 되는가
그 불쌍한 얼굴 좀 들여다봅시다.

우선 오늘부터 우리 주권자들이 죽지 않았음을 증거하기 위
하여 오른쪽 가슴마다 잉크빛 천을 달고 다닙시다.

그러면 경찰과 싸우지 않아도
거리를 다니는 우리 모든 국민의 물결도, 그대로 살아서 소
리치는 시위가 될 겝니다.

* 이 시는 원고지에 '無名詩人'이란 명의로 씌어 있으나 신동엽 시인의
필체와 같음.

# 정(情)

숫처녀의 사랑은
터질 듯이 연하다
색시〔婦人〕의 사랑은
고기처럼 질기다

〔1950년 5월 6일〕

# 육(肉)의 행렬

욕망들이 걸어간다
무섭소 무선 욕망들이
걸어들 간다
뭉클뭉클 흐느적거리며
무거운 욕망의 육(肉)알이
걸어들 간다
일찍이 인류의 유일한 것이었던
고깃덩이들이 고깃덩이답게
욕망을 하며 욕망을 하며
분자운동(分子運動)처럼 괴로워들 행진한다

〔1954년 1월 13일〕

# 첫눈

돌아오누나
노랑 저고리 검정 치마
어델 가서 앨 태우다 이제서야 돌아오는가

님만 두곤 아니 오실라 걱정했더니
어델 가서 여적 해차릴 하다
혼자서야 돌아오는가

돌아오누나 치맛바람 나부끼며
수천가지 생각 명절처럼 돌아오누나

너도 저처럼 잣새 없이 돌아올 순 없는가

꼬옥 지나간 추억처럼 건들거리며
세월도 없이 다시
돌아오니

〔1953년 12월 초순〕

## 예외 또는 말세

내가 살아 있다는 것은 하나의 예외다
내가 여기 앉아 있다는 것도
하나의 거짓말이다
나는 그림자이다
나를 남겨놓고 시간도 머물러
머얼리 물러갔고
공간도 도사려 아득히 도망쳐
버리었다
나의 둘레는 진공(眞空)이다
그러므로 아무도 나를 해치지
못하리라 그러나 그와 함께
또 아무도 나를 살리지도 못
하리라

〔1953년 12월 7일〕

# 이름도 모르는 소녀에게

하마터면 잊어버릴세라
머언 날에 지나가버린 그 사람

하마터면 꿈이 아닐려나
어데선가 만났길래
다스운 그 모습

잘못타 놓쳐버릴세라
오늘 내 얼굴 앞에 와 선
고맙게 맑은 눈길

아 내야 숫제
나도 몰래 도망쳐나 버릴거나

〔1953년 12월 20일〕

1930년 8월 18일, 충청남도 부여군 부여읍 동남리(東南里) 249
    번지에서 아버지 평산(平山) 신씨(申氏) 연순(淵淳)과
    어머니 광산(光山) 김씨(金氏) 영희(英嬉) 사이에서 장
    남으로 태어나다. 일찍 세상을 떠난 신연순의 첫째 부
    인이 딸 신동희(申東姬, 1928년생)와 아들 하나를 낳았
    으나 그 아들이 갓 돌을 넘기고 죽은 탓에, 신동엽은
    집안의 2대 독자가 된다. 8명의 여동생이 있었으나 그
    중 넷은 어릴 때 세상을 떠났다.

1938년(9세) 가난한 농부의 집안이라 넉넉한 살림이 아니었다. 어
    려서부터 몸이 허약했고 키도 작은 편이었다. 부여공
    립심상(尋常)소학교(1942년 국민학교로 개칭)에 입학하

다. 소학교 시절 통신부(通信簿)의 성적표에 따르면 성적이 매우 우수한 편이었고, 4학년 2학기에는 반장, 5학년 1학기에는 부반장을 지냈다.

**1940년(11세)** 소학교 3학년 때의 통신부에 따르면 '申東曄'에서 '平山東燁'으로, 다시 '히라야마 야끼찌(平山八吉)'로 창씨개명이 이루어졌다.

**1942년(13세)** 4월 '내지성지참배단(內地聖地參拜團)'에 부여국민학교 대표로 뽑혀 조선인으로는 유일하게 충남 지역의 각 학교에서 선발된 일본인 학생들과 함께 보름 동안 일본을 다녀오다.

**1944년(15세)** 3월 부여국민학교를 졸업하다. 상장과 더불어 부상으로 금전출납부를 받을 만큼 우등생이었지만 가난 때문에 바로 진학하지 못하고 1년간 휴학하다.

**1945년(16세)** 4월 전주사범학교에 입학하다. 학창 시절, 노자(老子)나 장자(莊子) 책을 늘 끼고 다녔고 김소월·정지용·신석정 시집 등과 엘리엇 시집, 뚜르게네프 산문집 등 문학서적들을 즐겨 읽었다. 특히 끄로뽀뜨낀의 영향으로 아나키즘 경향이 짙어졌다.

**1948년(19세)** 사범학교 4학년으로 동맹휴학에 가담하여 무단 장기 결석을 이유로 퇴학당하다. 귀향 후 인근의 초등학교 교사로 발령받았으나 부임 사흘 만에 그만두다.

**1949년(20세)** 7월 공주사범대학 국문과에 합격하지만 다니지 않는다. 9월 단국대학교 사학과에 입학하다. 이를 위해 아버지가 어려운 살림에도 밭 600평을 팔았다.

**1950년(21세)** 한국전쟁이 일어나고, 7월 초부터 9월 말까지 인공 치하에서 민주청년동맹 선전부장을 지내다. 인민군이 퇴각하자 부산으로 가 전시연합대학에서 학업을 계속하다 12월 말에 국민방위군에 징집되다.

1951년(22세)   2월 중순 국민방위군 대구수용소를 빠져나와 대구·밀양·김천·영동·대전을 거쳐 병든 몸으로 귀향하다. 이때 굶주림을 견디지 못해 잡아먹은 게로 인해 평생 건강을 위협하다 결국 사망의 빌미가 되는 디스토마에 걸리고 만다. 부여에서 몇개월 요양하여 건강을 회복한 뒤, 대전으로 가서 전시연합대학을 다니다. 이때 만난 친구 구상회와 교유하며 1년간 충남 일대의 백제 사적지와 동학농민전쟁의 자취들을 두루 답사하다. 이 체험은 훗날 시 창작의 중요한 밑거름이 된다.

1953년(24세)   전시인 까닭에 대전에서 전시연합대학의 일원인 단국대학교 사학과를 졸업하다. 졸업과 동시에 제1차 공군 학도간부 후보생으로 임명되나 발령받지 못하다. 봄에 상경하여 고향 선배가 운영하던 헌책방(돈암동 사거리)에서 숙식하며 책방 일을 돕다. 이 무렵 훗날 소설가가 된 현재훈을 만나 교유하다. 이해 가을부터 책방을 자주 찾던 이화여자고등학교 3학년 인병선(印炳善)과의 운명적인 만남이 시작되어 결국 평생의 반려가 된다.

1955년(26세)   4년 만에 귀향하여 여름을 보낸 뒤, 온양의 구상회를 찾아 함께 상경하여 동두천에서 현지 입대하다. 6군단 공보실에서 근무하다가 서울 육군본부로 전속되다.

1956년(27세)   초가을에 2대 독자라는 이유로 입대 1년 만에 의가사

608

제대하다. 겨울에 구상회, 노문, 이상비, 유옥준 등과
함께 가제 '야화(野火)'로 동인지를 준비하다. 신춘문
예 시 부문에 응모하나 낙선하다.

**1957년(28세)**    농촌경제학자 인정식(印貞植) 선생의 외동딸 인병선
과 부여에서 혼례를 올리다. 직장이 없고 건강마저 나
빠 몹시 힘든 생활을 하다. 당시 사법서사이던 아버지
신연순의 수입에 기대어 많은 식구들이 살아가기에는
벅찬 형편이라, 인병선이 부여 읍내에 '이화양장점'을
차리다. 7월 장녀 정섭(貞燮)이 태어나다.

**1958년(29세)**    가을, 충남 보령의 주산(珠山)농업고등학교에서 교편
을 잡다. 취직으로 생활의 안정을 찾아가나 싶었으나
디스토마로 인해 건강이 크게 나빠져 휴직, 겨울방학
이 다 지나도록 차도가 없자 결국 사직하다. 향리에서
창작에 몰두하여 '석림(石林)'이라는 필명으로 조선일
보에 장시 「이야기하는 쟁기꾼의 대지」를, 한국일보
에 평론 「추수기(秋收記)」를 응모하다.

**1959년(30세)**    「이야기하는 쟁기꾼의 대지」가 조선일보 신춘문예에
가작 입선하다. 당시 시 부문 예심을 보았던 시인 박
봉우와는 이후 절친한 문학적 동지가 된다. 봄, 상경
하여 돈암동에 전세방을 얻어 서울 살림을 시작하다.
장남 좌섭(佐燮)이 태어나다. 「진달래 산천」「향(香)
아」(조선일보) 「새로 열리는 땅」(세계일보) 등을 발표
하다.

**1960년(31세)**    월간 교육평론사에 입사하다. 전주사범학교 동창인
소설가 하근찬을 다시 만나 절친한 사이가 된다. 4·

19혁명이 일어나자 「아사녀(阿斯女)」가 실린 『학생혁명시집』을 만들어 출간하다. 「풍경」(『현대문학』) 「그 가을」(조선일보) 등을 발표하다.

1961년(32세)  명성여자고등학교 야간부에 국어교사로 특채되다. 이후 사망할 때까지 9년간 재직한다. 시론(詩論) 「시인정신론」(『자유문학』) 등과 평론 「60년대의 시단분포도」(조선일보), 시 「아사녀의 울리는 축고(祝鼓)」(『자유문학』) 등을 발표하다.

1962년(33세)  차남 우섭(祐燮)이 태어나다. 장모의 도움으로 서울 동선동 5가 45번지에 한옥을 마련하여 사망할 때까지 이 집에 산다. 시 「나의 나」(『신사조』) 「이곳은」(『현대문학』) 「별밭에」(『성원』) 「너는 모르리라」(경향신문) 등을 발표하다.

1963년(34세)  3월, 발표작 10편과 신작 8편이 수록된 첫 시집 『아사녀(阿斯女)』(문학사)를 출간하다. 시 「기계야」(『시단』 1집) 「태양 빛나는 만지의 시」(=「만지의 음악」) 「십이행시」(『시단』 2집)를 발표하다.

1964년(35세)  3월, 건국대학교 대학원 국문과에 입학하나, 한 학기만 다니고 10월에 미등록으로 그만두다. 7월, 서울을 출발하여 부여·목포를 거쳐 제주도를 여행하다. 시 「황진이의 체온」(동아일보)을 발표하다. 12월, 시 「껍데기는 가라」(『시단』 6집)가 처음 발표되다.

1965년(36세)  한일협정비준반대 문인서명운동에 참여하다. 시 「웅」(『시단』 7집) 「노래하고 있었다」(『시단』 8집) 「삼월」(『현대문학』) 「초가을」(『사상계』) 등을 발표하다.

| 1966년(37세) | 6월, 단막 시극(詩劇)「그 입술에 패인 그늘」이 국립극장에서 상연되다(최일수 연출, 시극동인회 제2회 공연작). 시「밤」(『현대문학』)「4월은 갈아엎는 달」(조선일보)「산에도 분수를」(『신동아』)「담배연기처럼」(『한글문학』) 등을 발표하다. |
|---|---|

1966년(37세)  6월, 단막 시극(詩劇)「그 입술에 패인 그늘」이 국립극장에서 상연되다(최일수 연출, 시극동인회 제2회 공연작). 시「밤」(『현대문학』)「4월은 갈아엎는 달」(조선일보)「산에도 분수를」(『신동아』)「담배연기처럼」(『한글문학』) 등을 발표하다.

1967년(38세)  1월, 『52인 시집』(신구문화사)에 시「껍데기는 가라」「삼월」「원추리」「아니오」 등 7편을 수록하다. 6~8월, 중앙일보에 시 월평을 집필하다. 펜클럽 작가기금을 받아 12월에 전(全)26장 4,800행의 대작 장편서사시「금강(錦江)」(한국현대신작전집 제5권 『장시 시극 서사시』, 을유문화사)을 발표하다.

1968년(39세)  장편서사시「임진강」을 구상하고 문산 일대 등 임진강변을 답사했으나 완성하지 못하다. 5월, 오페레타「석가탑」(백병동 작곡)이 드라마센터에서 상연되다. 6월, 김수영(金洙暎) 시인이 서거하자 조시(弔詩)「지맥 속의 분수」(한국일보)를 발표하다. 시「보리밭」「여름 이야기」「술을 많이 마시고 잔 어젯밤은」「그 사람에게」「고향」 등 5편을 『창작과비평』 여름호에 발표함을 비롯, 「봄은」(한국일보)「수운이 말하기를」(동아일보)「여름고개」(『신동아』)「산문시」(『월간문학』) 등을 발표하다.

1969년(40세)  시론「시인·가인(歌人)·사업가」(대학신문)「선우휘 씨의 홍두깨」(『월간문학』) 등을 발표하다. 3월, 간암 진단을 받아 세브란스 병원에 입원하다. 4월 7일, 소설가 남정현이 임종을 지키는 가운데 서울 동선동 자택에서 간암으로 별세하다. 4월 9일, 경기도 파주군 금촌읍 월롱산 기슭에 묻히다. 유작시 「누가 하늘을 보았다 하는가」(고대문화) 「조국」 「일모(日暮) 이야기」(『월간문학』) 「영(影)」(『현대문학』) 「서울」(『상황』) 「좋은 언어」 「마려운 사람들」(『사상계』) 등이 발표되다.

1970년  4월 18일, 부여읍 동남리 백마강 기슭에 시비(詩碑)가 세워지다. 여기에는 그의 시 「산에 언덕에」가 새겨져 있다. 부여읍 예식장에서 추모 문학 강연회가 열리다. 시 「봄의 소식」 등 유작 5편이 발표되다.

1971년  시 「단풍아 산천」 「권투선수」, 평론 「신저항시운동의 가능성」 등의 유고(『다리』)가 발표되다.

1975년  6월, 『신동엽 전집』(창작과비평사)이 출간되다. 그러나 7월, 책의 내용이 긴급조치 9호를 위반했다는 이유로 당국에 의해 판매 금지되다.

1979년  3월, 시선집 『누가 하늘을 보았다 하는가』(창작과비평사)가 출간되다. 4월, 서울 YMCA에서 출판기념회를 겸한 10주기 행사가 열리다. 7월, 일본에서 시집 『껍데기는 가라』(梨花書房)가 번역 출간되다.

1980년  4월, 증보판 『신동엽 전집』(창작과비평사)이 출간되다.

1982년  12월, 유족과 창작과비평사가 공동으로 '신동엽창작기금'을 제정하다. 역량 있는 작가가 창작에 전념할 수 있는 여건을 마련해주기 위해 제정된 기금으로, 2004년 제22회부터 '신동엽창작상'으로, 2012년 제30회부터 '신동엽문학상'으로 명칭이 바뀌었다.

1983년  6월, 연구서 『신동엽 — 그의 문학과 삶』(구중서 엮음,

온누리출판사)이 출간되다.

1985년    5월, 부여의 생가가 복원되다. 시인이 자라고 신혼생
          활을 한 이 집은 한때 타인의 소유가 되었으나 인병선
          여사가 되사서 재건축한 것이다.

1988년    12월, 미발표작을 모은 시집 『꽃같이 그대 쓰러진』(실
          천문학사)이 출간되다.

1989년    1월, 일기와 수필 등 미발표 산문을 모은 『젊은 시인
          의 사랑』(송기원 엮음, 실천문학사)이 출간되다. 4월, 서
          사시 「금강」이 전작(全作) 단행본 『금강』(창작과비평사)
          으로 출간되며, 시선집 『누가 하늘을 보았다 하는가』
          의 개정판(염무웅 엮음, 창작과비평사)이 출간되다. 중학
          교 3학년 국어 교과서에 시 「산에 언덕에」가 실리다.

1990년    단국대학교 서울캠퍼스(용산구 한남동 소재) 교정에 시
          비가 세워지다. 여기에는 시 「껍데기는 가라」가 새겨
          져 있다. 「산에 언덕에」에 작곡가 백병동이 곡을 붙여
          노래로 만들다. 아버지 신연순 옹이 별세하다.

1992년    한국대표시인 100인 선집으로 시집 『껍데기는 가라』
          (미래사)가 출간되다.

1993년    11월, 경기도 파주에 있던 묘지를 부여군 부여읍 능산
          리 백제왕릉 앞산으로 이장하다.

1994년    8월, 세종문화회관 대극장에서 가극 「금강」(문호근 연
          출)이 초연되다. 동학농민전쟁 100주년을 기념하기 위
          해서 만들어진 이 작품은 제1회 민족예술상을 수상했
          으며, 2005년 6월 16일 6·15남북공동선언 5주년 기념
          행사의 일환으로 평양 봉화극장에서 공연되었다.

| 1999년 | 부여초등학교 교정에 「금강」의 한 부분을 새긴 시비가 세워지다. 4월, 30주기를 기념하는 학술논문집 『민족시인 신동엽』(구중서·강형철 엮음, 소명출판)이 간행되다. |
|---|---|
| 2001년 | 전주교육대학 교정에 「금강」의 한 부분을 새긴 시비가 세워지다. |
| 2003년 | 2월, 유족이 생가를 부여군에 기증하다. 10월 20일, 대한민국 은관문화훈장이 추서되다(부인 인병선 여사 대리 수상). |
| 2005년 | 문화관광부가 제정한 '4월의 문화인물'에 선정되다. 이와 관련하여 4월에 부여에서 신동엽 추모제, 문학의 밤, 시극 공연(김성만 연출 「그 입술의 패인 그늘」), 문학기행, 백일장 등의 행사가 열리다. 12월, 평전 『시인 신동엽』(김응교 지음, 현암사)이 출간되다. |
| 2007년 | 10~11월, '신동엽 시인 유품전'이 짚풀생활사박물관에서 열리다. |
| 2009년 | 4월, '신동엽 40주기 추모문학제'가 부여문화원과 한국작가회의 주관으로 열리다. 2005년에 건립을 계획하였던 '신동엽문학관'이 부여군에 의해 마침내 착공되고, 아울러 신동엽 흉상 건립 모금운동이 추진되다. 10월, 숭실대학교에서 '신동엽 40주기 학술회의'와 '신동엽학회' 창립대회가 열리다. 신동엽학회는 초대 회장으로 평론가 구중서가 선출되었으며, 시인 강형철, 정우영, 김응교, 이원규 등과 평론가 김윤태, 고명철, 고봉준, 임태훈, 김수이, 이민호 등이 주요 회원으로 |

참여하였다.

2010년    4월, 41주기를 맞아 부여에서 한국작가회의와 부여문
화원, 신동엽학회의 공동 주최로 '신동엽문학제'가 열
리다. 11월, 신동엽학회 개최로 「새롭게 확장되는 신
동엽: 아시아·산문·소리」라는 주제의 학술대회가 열
리다. 12월, 신동엽학회에서 학술지 『전경인(全耕人)
어문연구』 창간호를 출간하다.

2011년    4월, 신동엽학회 주최로 「신동엽 문학의 원전 확정을
통한 1960년대 문화지적도 구축」이라는 주제의 심포
지엄이 개최되다. 11월, 역시 신동엽학회 주최로 '서
울의 문화적 완충지대'라는 주제로 학술대회가 열리
다. 12월, 『전경인 어문연구』 제2집이 출간되다.

2012년    1월, '신동엽기념사업회' 창립 총회가 열리다. 12월,
유족과 부여군청 간에 신동엽문학관 운영에 관한 협
의서가 체결되다.

2013년    3월, 사단법인 '신동엽기념사업회'가 정식 발족되다.
4월, 『신동엽 시전집』(창비)이 출간되다. 5월, 신동엽
문학관이 그의 생가가 있는 충남 부여군 부여읍 신동
엽길 12에 세워져 공식 개관하다. 11월, 신동엽학회
주최로 '융합적 인간과 한국문화의 발견'이라는 주제
의 심포지엄이 개최되다. 신동엽문학관에서 '신동엽
시, 나무에 새기다'라는 제목으로 서각작품 전시회가
열리다. 12월, 신동엽학회에서 『신동엽, 융합적 인간
을 꿈꾸다』(삶창)를 발행하다.

정리 | 김윤태

## 지은이

### 신동엽 申東曄

1930년 충남 부여에서 태어났다. 전주사범학교를 거쳐 단국대학교 사학과를 졸업했다. 1959년 조선일보 신춘문예에 장시 「이야기하는 쟁기꾼의 대지」가 입선하며 문단에 나왔다. 1963년 시집 『아사녀』를 출간했고, 1967년 총 4,800여행의 대작 장편 서사시 「금강」을 발표했다. 1969년, 향년 40세에 간암으로 별세했다. 사후에 『신동엽 전집』(1975), 시선집 『누가 하늘을 보았다 하는가』(1979), 유고시집 『꽃같이 그대 쓰러진』(1988) 등이 간행되었다. 1982년 신동엽문학기금(현 신동엽문학상)이 제정되었으며, 2013년 생가가 있는 부여에 신동엽문학관이 건립되었다. 높은 역사의식과 짙은 민족적 색채로 독보적인 평가를 받아온 그의 시에 대해 최근에는 민족주의의 틀을 뛰어넘는 새로운 시각의 연구가 시도되고 있다.

## 엮은이

### 강형철 姜亨喆

문학평론가, 시인. 1955년 전북 군산 출생. 숭실대 철학과와 동대학원 국문과 박사과정 졸업. 저서로 평론집『시인의 길 사람의 길』『발효의 시학』, 시집『해망동 일기』『야트막한 사랑』『도선장 불빛 아래 서 있다』등이 있으며, 엮은 책으로『민족시인 신동엽』(공편) 등이 있음. 한국작가회의 상임이사를 역임했고, 현재 숭의여대 문예창작과 교수 및 사단법인 신동엽기념사업회 이사장으로 있다.

### 김윤태 金允泰

문학평론가. 1959년 경북 김천 출생. 서울대 국문과 및 동대학원 박사과정 졸업. 저서로『한국 현대시와 리얼리티』『민족시인 신동엽』(공저)『20세기 한국시론 2』(공저) 등이 있으며, 엮은 책으로『조지훈-청소년이 읽는 수필 3』『김기림-청소년이 읽는 수필 9』『한국대표노동시집』(공편) 등이 있음. 인하대 연구교수, 중국해양대학 초빙교수 등을 역임했으며, 현재 신동엽학회와 신동엽기념사업회 이사로 있다.

## 신동엽 시전집

초판 1쇄 발행 / 2013년 4월 10일
초판 8쇄 발행 / 2024년 12월 31일

지은이 / 신동엽
펴낸이 / 염종선
책임편집 / 전성이
펴낸곳 / (주)창비
등록 / 1986년 8월 5일 제85호
주소 / 10881 경기도 파주시 회동길 184
전화 / 031-955-3333
팩시밀리 / 영업 031-955-3399 편집 031-955-3400
홈페이지 / www.changbi.com
전자우편 / lit@changbi.com

ⓒ 신좌섭 2013
ISBN 978-89-364-6032-7 03810